VIP ブイアイピー

聖域 せいいき

1

明けていく東の空を眺めながら、車を走らせる。勤務先である高級会員制クラブ・BM《ビーエム》からの帰り道、仕事を終えたほどよい疲労感と達成感の中、まだ活動を始める前の街の風景は和孝《かずたか》には見慣れたものだ。

いまの部屋に住み始めてからすでに七年以上たつ。その間にいろいろなことがあった。特に久遠《くどう》と再会して以降は怒濤《どとう》の日々で、今日まで必死に過ごしてきたというのが正直な気持ちだった。

久遠と初めて会ったのは、十七歳のときだ。

家出をした和孝は、雨の日に久遠に拾われた。一晩のつもりがそのまま半年居座って、久遠がやくざと知ったとき、騙《だま》されたような気になり久遠の家を飛び出したのだ。

それからすぐに宮原《みやはら》と会い、鍛えられて、BMのマネージャーという仕事を得た。そこで、七年ぶりに久遠と再会したのは縁や運命だったのだといまでは思っている。

久遠がやくざである以上、傍《そば》にいる和孝が無関係でいることは難しい。

診療所を営んでいる冴島《さえじま》の世話になるようになってから、すでに四ヵ月がたとうとしている。もともとは薬物の後遺症から抜け出せない和孝のために久遠が口を利《き》いてくれたのだが、いまは別の理由もできた。

現在、不動清和会《ふどうせいわかい》が跡目騒動で揺れている間は、和孝の肉体的精神的負担を軽減する目的も加わった。

冴島と久遠の許可が出るまで、和孝は現状のままだ。この件に関して、ふたりに逆らうほど世間知らずではなかった。

冴島と久遠のつき合いは長い。久遠がまだ高校生の頃に知り合ったと、先日冴島から聞かされた。久遠が冴島に全幅の信頼をおいていることは、和孝にも伝わってくる。冴島は冴島で、久遠を気にかけていた。

バックミラーを動かした和孝は、背後の黒い車をチェックする。運転手の顔は見えなくとも、ぴたりとついてくるその車のハンドルを握る男の渋い表情が手に取るようにわかった。

「どうせしかめっ面《つら》してるんだろ」

本来、沢木《さわき》は久遠の運転手だ。二十歳《はたち》そこそこで不動清和会の若頭補佐である久遠の運転手という大役を任されているほどなので、意志の強い男であるのは間違いない。裏を返せば、融通が利かないということだ。

今日、和孝が一度衣服を取りに自宅へ戻りたいと申し出た際も、なに暢気《のんき》なことを言っているんだと言わんばかりの厳しい表情になった。

——もう四月になろうかっていうのに、いつまでも冬の格好はできないだろ。

——なら、俺が適当に取ってくる。

——冗談。いくら沢木くんでも、私物を掻《か》き回《まわ》されるのはいい気持ちがしない。

というやり取りを経て、渋々認めてくれたのだが、もとより沢木の心情は和孝も理解しているつもりだった。

不動清和会三代目の退陣に伴い、久遠の名前が急きょ四代目候補に挙がってきたせいで、木島《きじま》組は跡目騒動の真っただ中にあるのだ。

歳《とし》も地位も低い人間に突然割り込まれれば、他の候補者は面白くないだろう。谷崎《たにざき》の言葉を借りれば、「不動清和会という一枚岩が三つに割れる恐れ」があるし、「混乱に乗じて他組織が横やりを入れてくるかもしれない」という危惧《きぐ》も出てくる。

どちらにしても、当分の間久遠の身辺が落ち着かない状態にあるのは確かだ。

大通りから横道に入って、しばらく走る。久々にグレーの外壁を目にしながらマンションの駐車場に車を突っ込んで、サイドブレーキを引いた。

隣の空きスペースに車を停《と》めた沢木が、和孝が車を降りるよりも早く外に出ると、すかさず周囲に視線を走らせる。やけにさまになっているその姿を前にして、もうトラブルはごめんだと和孝は心中で呟《つぶや》いた。

すでに沢木は、和孝にとって単なる久遠の運転手ではない。そう思うには、沢木本人を知り過ぎた。

友人とは言《い》い難《がた》くても、親しみを抱いている沢木に万一自分のせいで怪我《けが》でもさせてしまったら——想像しただけでぞっとする。

「一緒に部屋に入って、手伝ってくれないか」

マンション内へ足を踏み入れ、エレベーターを待つ傍《かたわ》ら沢木に頼む。外で待ってもらうと、沢木のことだから常に周囲を警戒し続けるのだろうと考えたというのもあるが、単純に話し相手も欲しかった。

理由は明白だ。

久遠から最後に連絡があったのは、もう半月も前になる。会えない日が続くことはよくあるが、電話だけは頻繁にかけてきた久遠がこれほど間を空けるのはめずらしい。連絡が滞るほど奔走しているのだろう。

しかも、実際に顔を合わせたのは、さらに三週間も前だ。

それゆえ、和孝が久遠の情報を得るのは、もっぱら沢木からだった。

いまどこにいるのか。なにを思い、どうしているか。

少なくとも沢木は、和孝より久遠について知っている。

「早くしろ」

一緒に寝室に入ってきた沢木が、ぶっきらぼうに急《せ》かしてくる。

「はいはい」

頷《うなず》いた和孝は、薄手の衣服を求めてクローゼットの中を物色していった。

バッグを取り出し、春物の上着とシャツ、トラウザーズ、ジーンズ、ついでに半袖《はんそで》の衣服もいくつか入れた。抽斗《ひきだし》の中から靴下を出していたとき、ふと、クローゼットの上段に置かれた紙袋に気づく。どうやら奥に押し込んでしまったせいで、今日まで忘れていたらしい。

店のシールが貼《は》られたままだ。シールを剝《は》いでみると、中に入っていたのは紳士物のハンカチだった。

「あ――」

記憶がよみがえってくる。なにを渡せばいいのか、こんな安物で少しは喜ぶのか、迷いながら選んだハンカチは――久遠への礼のつもりだった。

十七歳の和孝は、二千円「も」するハンカチで居候《いそうろう》させてもらう詫《わ》びと礼にするつもりでいた。

が、結局は渡せずじまいになった。渡そうか渡すまいか迷っているうちに、久遠のもとから逃げ出したからだ。

「捨てればよかったのに、なんで取っておくかな」

捨てきれなかったことが当時の自分の心情を表しているようで、和孝は苦笑する。もっとも、雨の日には亡霊でも追いかけるみたいにくり返し同じ夢を見てしまっていたという時点で、捨てられるはずがなかったのだが。

過去の久遠を思い出しつつ、現在の状況を考える。前回会ったときはいたって普通に見えた久遠だが、この半月のこととなれば和孝にはわからない。

たまに沢木から「べつに変わりない」と短い返答を聞くだけだ。

頭の中に、五週間前に会ったときの久遠をよみがえらせる。

普段はいっさい疲労を見せない久遠だが、唇が荒れるのでいかに大変であるかは想像に難くなかった。

ざらりとした感触に久遠の唇を舐《な》めて潤したのは、和孝にしてみれば咄嗟《とっさ》の行為だった。けれど、久遠は当然のごとく先を求め、忙しい合間にやっとできた空き時間だというのに、結局、余計な体力を使わせるはめになったのだ。いや、和孝はゆっくりするよう勧めたのだが、久遠自身がそれを無視した。

短い時間で、互いを貪《むさぼ》るような行為だった。

「……なに、思い出してるんだ」

最中のことが脳裏をよぎると、条件反射で身体《からだ》が疼《うず》く。そんな自分に狼狽《うろた》え、振り払おうと首を横に振ったが、なかなかうまくいかない。

うなじまで熱くなる。

――和孝。

昂揚《こうよう》のためにわずかに上擦《うわず》った久遠の声が耳元で聞こえたような気がして、思わず眉《まゆ》をひそめた。

事情は理解していても、それはそれだ。欲求不満なのはしようがない。三日にあげず抱き合っていた時期もあるのに、もう一ヵ月以上顔すら見ていない。性的に淡泊な性質《たち》だと思っていた頃もあったが、こうなれば過去の自分がまるで別人のように感じられる。

ため息をついたのと、背後のドアが開いたのはほぼ同時だった。

「まだか」

和孝の背後で沢木が急かしてくる。

「あ――もう終わった」

考えていたことがことだったので慌てた和孝は、冷静さを装い沢木を振り返る。沢木の仏頂面《ぶっちょうづら》を見たおかげで、邪《よこしま》な気持ちはたちどころに消えていった。

「なら、もう出るぞ」

促されて、手にしていたハンカチをどうしようか迷ったのは一瞬だった。

いまこれを久遠に渡したら、どんな顔をするだろうか。久遠の反応を見てみたい衝動に駆られ、ハンカチを紙袋にしまうとふたたびシールをしてからバッグに入れた。

沢木がバッグを肩にかける。

「いいよ。自分で持つから」

止めても無視され、そのまま寝室を出て玄関に向かった。靴を履いていたときだ。上着のポケットの中で『魔王』のメロディが鳴り始める。

久々の『魔王』に心臓が跳ね、和孝は息を呑《の》んだ。

「先に車に戻ってる」

和孝の様子を見てなにか察したのか、沢木は先に玄関を出ていく。ドアが閉まるのを待って、ポケットから取り出した携帯電話を耳に当てた。

「久しぶりだね」

冷静になろうにも、声が上擦る。

『変わりないか』

久遠の、少しだけ掠《かす》れた低い声を耳にすれば胸の奥がざわめき、どれだけ自分が久遠を気にかけていたか、電話を待っていたか、厭《いや》というほど実感する。

「——ないよ。いたって平穏。そっちは？」

平穏にはほど遠いと承知で聞いた。平穏であれば、いま頃和孝は久遠の部屋にいるはずだ。

『やたら忙しいだけで特に変わったことはないな』

「そっか」

気の利いた言葉なんて浮かばない。和孝がなにを言ったところで、現状ではなんの意味もなさない。

会いたいとも言えなかった。それを久遠に求めるのは、単なる我《わ》が儘《まま》だ。自分にはなにもできないことは、和孝自身が誰よりわかっていた。

『午後からまた横浜《よこはま》だ』

携帯電話越しに、微《かす》かなため息が聞こえた。

なんの用でと問うまでもない。三島《みしま》からの呼び出しだ。

一度だけ会った三島の顔を脳裏によみがえらせて、和孝は眉をひそめる。あの男は、久遠を頻繁に呼びつけてなにを企んでいるのだろう。勘繰りたくなるのは、和孝にしてみれば当然だった。

「そうなんだ。気をつけて」

横浜行きに対してというより、常にという気持ちを込める。

『ああ』

久遠の返答はそれだけだったが、きっと伝わったにちがいない。わずか一分足らずの電話であっても、かけてきてくれた事実が嬉《うれ》しかった。

玄関を出てエレベーターで階下に下りたとき、沢木は車ではなくマンションの入り口の前に立っていた。和孝が歩み寄っていくと顎《あご》を引き、視線で駐車場へと促す。

　黙って従った和孝は、ふと思いついて背後の沢木を振り返った。

「沢木くん、うちに帰ったら朝飯食べていかないか」

　久遠、そして宮原を朝食に誘った。次に誘うなら沢木以外いないのだが、沢木は、一瞬なにを言われているかわからないとでもいうように怪訝《けげん》な表情をした。その後、すぐに真顔に戻ると、和孝の横を通り過ぎて先に車へと歩いていく。

「意味わからないっすね」

　まあ、そうだろうなと和孝は沢木の背中を見つつ頭を掻く。断られることは、返事を聞く前から予測がついていた。

　友だちでもなんでもないのに一緒に食事をする理由がない、というところか。

　和孝の車の後部座席にバッグを放り込んだ沢木に、このチャンスを逃したらなかなか言う気にならないだろう言葉をかける。

「きみがどう思っているか知らないけど、俺は沢木くんを信頼してるんだ」

　いつまでたっても他人行儀な態度を貫こうと、沢木の自由だ。むしろ和孝の考え方が甘いのだろう。

　ドアを閉めようとしていた沢木の動きが止まった。しかし、一瞬だけでまた動きだすと無言で自身の車に乗り込み、和孝が発進するのを待ってからいつものようにあとを追ってきた。

「まさに若武者だな」

車を走らせながら、バックミラーに向かってこぼす。どうせいまも渋い顔でハンドルを握っているに決まっている。

数十分で診療所に着く。玄関の引き戸を開けて、消毒薬と木の香りの混じったいつもの匂《にお》いの他に炊き立ての白米の匂いを嗅《か》ぎ分《わ》けた瞬間、ぐうと腹が鳴り、和孝は苦笑いした。

すっかり冴島との暮らしに馴染《なじ》んでしまった。というより、まんまと冴島の術中にはまったと言ったほうがいいかもしれない。

仕事を理由にして健康的な生活とは無縁だった和孝を、冴島は一から躾《しつ》けていったのだ。和孝は一生分の借りを作ったと思っている。

「ただいま帰りました」

居間に入っていくと、いつものように「おかえり」と返事がある。冴島は台所に立って、卵焼きを作っていた。

「待っててくれたんですか」

自宅へ寄ってから帰ると電話で伝えておいたので、わざわざ朝食の時間を遅らせてくれたらしい。バッグを隣室に置いてから隣に立つと、くるりと器用に卵を巻いた冴島が顎をしゃくった。

「味噌汁《みそしる》をよそってくれ」

今朝の味噌汁の具材は、長葱《ながねぎ》と油揚げだ。ますます空腹を感じながら、言われたとおり味噌汁を椀《わん》に入れて卓袱台《ちゃぶだい》に運んだ。

箸《はし》や湯呑みを準備する間に卵焼きも出来上がり、食卓に上る。冴島が座ってから和孝も腰を下ろし、いただきますと手を合わせた。

「なにかいいことでもあったか?」

味噌汁を一口飲んだ冴島が、水を向けてくる。冴島の観察眼は、ときにどこかで見ていたのではないかと疑いたくなるほど鋭いので、否定せずに頷いた。

「いいことっていうか、安心したっていうか」

明言していないとはいえ、冴島は久遠との関係を知る人間のひとりだ。ある意味、誰より熟知していると言っていいだろう。白朗《バイラン》の手に落ちた和孝が、みなのおかげで中華街から救い出された際、久遠のマンションで診察してくれたのは冴島だし、その後も冴島には心情をすべて話してきた。

治療のためというのもあったが、冴島に対しては不思議と隠し事をする気になれなかった。冴島に話を聞いてもらうと気持ちが安定するので、久遠に対する愚痴も心配事も吐露してしまっている。

久遠本人にすら言えないことも、冴島には打ち明けられた。

「やっと連絡があったか」

黙々と食事を続けながら問われ、先刻の電話を思い出す。

声や口調に変わったところはなかった。久遠が疲労を表に出すことはない。唯一、唇の荒れが和孝に教えてくれるのだが、電話ではそれも難しい。

「なんの連絡もないときはただ電話を待ってたはずなのに、かかってきたらきたで、今度は顔を見て安心したくなるんですよね。べつに俺、心配性ってわけじゃなかったはずなんですけど」

うっかり本音を口にしたあとで、急に気恥ずかしくなって和孝はご飯を掻き込む。冴島には正直に話しているとはいえ、いくらなんでも言い過ぎだった。

「親子でも友人でも夫婦でも、人間関係っていうのはそういうもんだ」

さらりと流してくれた冴島に感謝する一方で、そのとおりだと納得する。久遠の立場ゆえに和孝が一生心配し続けるように、久遠は久遠で、和孝を巻き込まないよう常に気を遣っているのだ。

「そういえば、沢木くんを朝ご飯に誘ってみたんですが、断られました」

沢木の渋面を思い出しつつ切り出すと、冴島がはっと鼻を鳴らした。

「そりゃ無理だ。自分とこの親父《おやじ》に命じられでもしない限り、他人様《ひとさま》のうちに上がり込んで朝飯を食べるなんて真似をする奴じゃあないだろう」

どうやら冴島の目から見ても、沢木は一筋縄ではいかない人間らしい。和孝がどうこうできるわけがなかった。

若いんだからもう少し打ち解けてくれてもいいのに——呆《あき》れてかぶりを振ったとき、玄関から声が聞こえてきた。

「おはようございます」

すぐに冴島が立ち上がって玄関に向かう。聞き覚えのあるやわらかな声に和孝もあとを追いかけた。

「限定販売の和菓子が手に入ったので、お邪魔しました」

訪問者は宮原だった。にこにこと笑顔を見せる宮原に、冴島も頬《ほお》を緩ませる。

「上がった上がった。すぐにいい玉露を淹《い》れよう」

どうやら冴島と宮原は意気投合したらしい。達観している冴島とどこか浮き世離れしているような宮原だから、馬が合うのだろう。

ふたりの間にいると、和孝も自然と気持ちがなごむ。どんな場面であろうとゆったりとした空気感を醸し出すふたりのペースに浸りながら、宮原の持参した和菓子と冴島の淹れた茶を卓袱台に並べて、のんびりした時間を過ごした。

「それで、子どもたちはどうしたんです？」

冴島の診療所にやってきたやくざの息子と、近所に住む子どもが取っ組み合いの喧嘩《けんか》にれてきていた。

なったという冴島の話に、宮原が興味津々で瞳《ひとみ》を輝かせる。近所の子どもは母親に連れら
「やくざの父親がどれだけ注意しても、睨《にら》みをきかせても子どもたちには関係ない。無視して喧嘩を続ける。けどな、静かにしなさいと一喝した母親が自分の子だけじゃなくふたりともにげんこつした途端に、子どもたちはぴたりと静かになった。あれを見たとき、儂《わし》はつくづく思ったもんだ。日頃どんなに威張っていようと、男は母親には敵わないものだとなあ。子どもたちはもちろん、やくざの父親も、そりゃあ借りてきた猫みたいにおとなしくなったよ」

笑《わら》い皺《じわ》を深くした冴島に、宮原が感嘆する。

「お母さんって、すごい」

ね、と同意を求められ、和孝は頷いた。

「昔から、肝っ玉母さんって言葉があるくらいですしね」

和孝自身に母親の記憶はほとんどないが、たまに診療所の手伝いをすると実感する。冴島の診療所を訪れる患者の中には、服装にしても目つきにしてもいかにも筋者という外見をしている者も少なくないのに、居合わせた母親が怯《ひる》んだところは見たことがない。もっとも怯むような者は端《はな》から冴島診療所ではなく他の病院に行くのだろう。最新機器とは無縁で、人相の悪い男たちが出入りする冴島診療所の利点は、ツケがきくところと冴島自身

の腕と人柄だ。

「柚木《ゆぎ》くん、渋い言い方するね」

「あれ？　もしかして死語ですか」

「おまえは案外、古臭いところがあるからのう」

三人で他愛のない話をしていると、まるで平穏な日常の中にいるようだ。久遠の身辺で起きているきな臭い事態がテレビドラマか映画の中のワンシーンのごとく非現実的に思えてくる。

実際、和孝は不動清和会の四代目がどうやって決まるのかも知らないし、久遠がほとんど話してくれないせいで現在どういう状況にあるのか、さっぱりわからないのだ。

「それはそうと」

唐突に、宮原が笑みを引っ込めた。口調は変わらず安穏《あんのん》としているが、和孝を見るまなざしに微かな気遣いが窺《うかが》えた。

「お家騒動はいつになったら決着がつくんでしょうねえ。僕としても早くカタをつけてほしいって願ってるんですけど」

世間話の延長同然の言い方だが、宮原も関係者だ。久遠がＢＭに出資しているので、オーナーとして今回の騒動は無視できない事態だった。

マネージャーである和孝と久遠の関係も、宮原にとっては頭の痛い事実であるのは間違いない。

「うまいこと話がつかなければ、最終的に入り札になるか。まあ、このまますんなりというわけにはいかなそうだな」

茶をすすりつつため息をついた冴島に、和孝は頬を強張《こわば》らせる。入り札というのはいわゆる選挙のことらしいが、一般的な選挙とはもちろんちがう。なにより、入り札まで縺《もつ》れ込む状況自体、歓迎できないだろう。いまも緊張を強《し》いられているというのに、この後もなにかあるのだとすれば――想像するだけで気分が沈んでいった。

自分が焦ってもしようがないと頭では理解していても、焦燥感に駆られる。

不安が顔に出てしまったようだ。宮原が笑顔を向けてくる。

「うちとしては、とにかくノータッチでいくつもり。柚木くん、気になるとは思うけど、部外者でいられることは幸運なんだからね」

「――」

宮原の一言に、はっとする。和孝は、自分が蚊帳《かや》の外に置かれている事実をもどかしいと感じていた。いっそ巻き込まれたほうが楽なのにとさえ考えるときもあった。

だが、宮原の言うとおり部外者でいられるのは幸運なことなのだ。

なぜ和孝がそうしていられるか。それは、久遠が和孝を遠ざけているおかげだった。

「はい」

明瞭《めいりょう》な返事をして、笑い返す。

冴島は、この件に関して口を挟まなかった。

その後はまた他愛のない話を続けて、のんびりと数十分ほど過ごしたあと、宮原を見送った。和孝はいつもどおり掃除をし冴島の問診を受け、風呂《ふろ》をすませてから隣室に移動した。

ひとりになり、布団を敷いて横になると久遠の顔を脳裏に思い描く。

五週間前の久遠だ。あのときはいつもと同じだった。

久遠のことを考えているうちに薬が効き始める。いくらもせずに瞼《まぶた》が落ちていき、睡魔に引き込まれていった。


その頃、久遠は横浜にいた。

「今日は無礼講といこうじゃないか」

胡坐《あぐら》をかいた三島が、厚い唇をにっと左右に引く。三代目の引退が正式に決まってから今日まで三島には幾度となく呼び出されてきたが、この台詞《せりふ》も同じだけ聞いてきた。

今夜は、三島の息のかかった料亭だ。去年開店してから、もっぱら組関係の会合に使われているという店は、確かに外観も料理も上等ではあるものの、出入りしている者が者なので一流にはほど遠い。

「おまえな。その仏頂面どうにかなんねえか。酒がまずくなる」

だったら呼びつけなければいいとうんざりしつつ、久遠は、自分と三島の隣で酌をしている芸者へと順に視線を流した。

三島は必ず女性を同伴させる。金のかかるいい女を、だ。男の注《つ》いだ酒が飲めるかと、以前、久遠の前でも嘯《うそぶ》いた。

酒豪で、金払いもいい。一晩百万単位で遊ぶこともあるというので、店側からすれば三島は上客だ。しかし、単にバカ騒ぎをしているわけではない。

狙《ねら》った相手を酒や女で惑わせるのが、三島の常套手段《じょうとうしゅだん》だ。油断させて、相手が我に返ったときにはすでに身動きできない状況に持ち込んでいる。

羽振りのよさに釣られて三島に手玉に取られた者を何人か知っているが、おそらく実際はもっといるはずだ。欲をかけば、あっという間に追い詰められる。三島は、海千山千の幹部の中でも誰より厄介な男だった。

「俺は、呼んでほしいと言った憶《おぼ》えはありませんが」

もういいかげんにしてくれと暗に告げる。

三島は、彫りの深い顔に友好的な笑顔を貼りつけた。

「第二の故郷だと思ってくれ。横浜はいいところだぞ」

　返答する必要はない。もしここで同意を返せば、後々、どうとでも利用されかねない。足をすくわれる材料は、ひとつでも少ないほうがよかった。

「どうだ。おまえ、どっちの女が好みだ？　今夜は好きなほう連れて帰っていいぞ。あ、なんならふたりまとめてって手もある」

　にやりと好色な表情をする三島に、久遠は真顔を貫く。

「間に合ってます」

　一言で撥《は》ねつけると、三島が分厚い肩をすくめた。

「おまえ、いままで俺が勧めるどんな女も断ってきたが――まさか不能っていうんじゃないよな」

　疑わしげな目を投げかけられ、この場に留《とど》まることが苦痛になってくる。三島の呼び出しには一も二もなく応《こた》えてきた久遠であっても、その努力が馬鹿《ばか》らしくなる一言だった。三島にしてみれば、上下関係を示す意味と嫌がらせで頻繁に久遠を呼びつけているのだとしても、そろそろ終わりにしてもいい頃だろう。

「それで、今日はどんな用件でしょう」

　用件などないのは承知であえて問うた久遠に、三島の眉根が不満げに寄せられた。

「まったく。これだから、大学出のエリートはつまんねえんだよな」

手にしていた猪口《ちょこ》をテーブルに置くと、右手を振って人払いをする。芸者と、襖《ふすま》の前に端坐《たんざ》していた三島の部下が立ち上がり部屋を辞す。

久遠は無言で、三島をまっすぐ見返した。

「じつは、おまえにプレゼントしたいものがある」

三島の口から「プレゼント」なんて単語が出てくると、警戒心が湧《わ》き上《あ》がる。三島が右手を内ポケットに入れたとき、久遠はあらゆる可能性を頭の中でシミュレーションした。最悪のパターンは飛び道具だったのだが――。

「きっと喜んでくれるだろうな」

その言葉とともに、もったいぶった手つきで三島がテーブルに置いたのは写真だった。どういうつもりなのかと三島の顔を見ると、三島は上唇を捲《めく》り上《あ》げて犬歯を覗《のぞ》かせた。

「まあ、見てみろよ」

促されて、写真に目を落とす。そこに写っている人間が誰であるか認識した直後、ぴくりと頬が引《ひ》き攣《つ》った。

「これは――」

上目で問うた久遠に、三島はしれっとした様子で顎を撫《な》でる。

「俺がどれだけ苦労して手に入れたと思う？　まあ、正直言うと弱点のひとつでもあればとおまえの経歴を洗ったんだが、思いのほか面白いネタが上がってきた」

三島らしい返答だ。

立ち場が互角で、自身のライバルになる植草《うえくさ》ではなく、格下の久遠をターゲットにするのがいかにも三島らしい。弱点を摑《つか》めば、久遠の将来に至るまで手中に収められる。

「おまえの好きにすればいい」

それだけ言うと、三島は腰を上げた。部屋を出ていこうとしたが、襖を開ける前に一度振り返った。

「深読みするなよ。俺は、このネタでおまえをどうこうしようなんざ考えてねえ。信じないかもしれないが、おまえのことをそれなりに買ってるんだ。だから、俺の敵にはなるなよ」

一言で、勢いよく襖を開けて出ていく。ひとり残された久遠は煙草《たばこ》を銜《くわ》えながら、俺もですよと心中で返した。

信用できるかどうかで言えば、三島ほど信用ならない男はいない。写真についてもなにか裏があるのではと疑うのは当然だ。とはいえ、敵にしたくないという点に関しては、久遠も同じだった。

「水元《みずもと》」

煙草の煙とともに声をかけると、静かに襖が開く。

「はい」

部屋の前にはもう三島の部下はおらず、久遠が連れてきた木島の組員のみが残っている。

「表に車を回してくれ」

「わかりました」

一礼とともにまた襖が閉まる。首を左右に傾けて音を鳴らした久遠は、写真と封筒を内ポケットにしまうと、時間をかけて煙草を吸い終えた。

一服して部屋を出たとき、ちょうど水元が呼びに来る。料亭を出たあとは、水元の運転で予約してあるホテルへと向かった。

もう一台はすぐ後ろを走っている。通常、久遠が動くときは必ず複数人の組員が同行するが、三島に会うときはあえて最少人数に抑えている。いまの時期、目立つのは得策ではないし、痛くもない腹を探られるのは避けたかった。

「三島さんは、なんの用だったんですか」

水元が棘《とげ》のある声で問うてくる。何度も呼びだす三島に不信感を抱いているようだが、久遠の手前感情を抑えているのだろう。正直すぎるほどに正直な普段の水元なら、悪態のひとつやふたつ吐き捨てていてもおかしくない。

「いつもと同じだ。特に用事はない」

久遠の返事を聞いて、水元が小さく喉《のど》で唸《うな》る。あのひとは……と続く文句の声は聞き流し、窓の外へ目をやった。

すでに時刻は午前零時を過ぎている。夜の街を眺める一方で、頭の中では三島から受け取った写真について考える。

いま頃になって――というのが率直な感想だ。

久遠にとってはすでに十五年以上前の出来事であり、当時の遺恨はとっくに捨ててしまっている。年月のせいというより、状況が許さなくなったからだ。

三島が苦労したと言っていたくらいだから金も時間も注ぎ込んで入手したのだろうが、いまの久遠にとってそれだけの価値があるかといえば、答えは否《いな》だと言わざるを得ない。

車は、ホテルの地下駐車場へと入っていく。

久遠は視線を前に向けると、眉間《みけん》を指で揉《も》んだ。

停車してすぐに、水元の開けたドアから外へ出る。別の車でついてきた組員と水元を伴いエレベーターに乗り込んだ。

二十階に到着し、エレベーターを降りると臙脂《えんじ》の絨毯《じゅうたん》を踏んで部屋に向かう。鍵《かぎ》を開けて先に中へ入った水元が部屋の電気をつけた直後、不穏な唸り声を上げて久遠の前に立ちはだかった。

理由は明白だ。

誰もいないはずの部屋のベッドに、下着姿の女が横たわっている。

「てめえ、誰だ」

組員ふたりに凄《すご》まれて、女は表情を一変させてその場に凍りついた。

「え……だって、ここに行って、サービスしろって」

ベッドから動くこともできずに狼狽える女を見て、久遠はため息をこぼす。だいたいの想像はついた。

三島のよけいな「サービス」にうんざりして、女にドアを示した。

「不要だから、帰ってくれ」

女が床に脱いだ衣服を身に着ける間に、水元に金を渡すよう指示する。札を受け取った女が出ていったあと、フロントに電話をかけて部屋を替えてくれるよう申し入れた。三島のことだから、女以外になにか仕込んでいたとしても不思議ではない。

新たに用意してもらった部屋に移動し、水元たちを帰してひとりになった久遠はベッドに腰かけるとネクタイを外した。煙草に火をつけてから携帯電話を手にする。

一度の呼び出し音で、上総《かずさ》が電話口に出てきた。

『お疲れ様です』

労《ねぎら》いの言葉には、まったくだと答える。三島の相手は疲れるうえ、こちらには一利もない。

「診療所についているのは二、三人だったか」

久遠の問いかけを、上総が肯定する。診療所の警護には交代で当たらせているが、沢木だけは別だった。現在、二十四時間のうち二十時間は車中で過ごしていると聞く。本人の希望だ。

『増やしますか』

再会して間もなくから和孝の身辺に注意を払ってきたし、現実に何度か巻き込んできたとはいえ、不動清和会のお家騒動に、一般人である和孝が巻き込まれる可能性は少ないだろう。万が一のことを考えて久遠自身、診療所からもBMからも距離を置いている。

だが、三島に渡された写真は別の懸念を久遠に抱かせた。三島の関心は、植草よりむしろ自分に向かっているようだ。

「そうしてくれ」

久遠の返答に、上総が小さく吐息をこぼした。

『三島さんがなにか言ってきましたか』

上総にしては意味ありげな言い方で、三島に対してどう思っているのかが窺える。上総にも苦手な人間がいたかと、苦笑しつつ水を向ける。

「あのひとは、なにを考えているか知れないからな」

ええ、と同意が返った。

『油断なりませんね。その点、植草さんはずいぶんわかりやすい。好き嫌いがはっきりしていて、欲もある。やくざらしい、やくざですから』

「そうだな」

わかりやすいぶん、対処も簡単だ。今回、四代目候補に突如久遠の名前が挙がったことを植草が不満に思っているというのは、人伝《ひとづ》てに聞いている。三島がたびたび久遠を呼び出すのも、植草への挑発の意味があるのだろう。

単純な植草のことだから、三島と久遠がなにか企んでいるのではないかと疑っているにちがいない。植草が力技に出てしまったら、三島の思う壺《つぼ》だ。

『以前も言いましたが』

上総はいったん言葉を切って、ふたたび口を開く。

『私の野心を叶《かな》えてください』

揺らぎのない口調には、上総の積年の思いが感じられた。

一見、極道には見えない上総だが、自ら道を選んだ久遠とちがって生まれながらのやくざだ。いや、別の道を選ぶことも可能だったのに、あえてそうしなかったのだ。元来生真《きま》面目《じめ》な性分のため、若い頃にはやくざには向かないと兄貴分から呆れられたときもあった。

そんな男が、あえて野心という言葉を口にする。上総の野心は、腹心として久遠を不動清和会の頂点に押し上げることだ。

「いまは目の上にでっかい瘤《こぶ》があるからな」

三島の顔を思い浮かべて言う。

『いつ破裂するとも知れない、厄介な瘤ですね』

上総の返答は的確で、思わず苦笑いがこぼれた。確かに信用できないが、いま三島を敵に回すのは得策ではない。不動清和会には必要な男だ。

『じつは——』

めずらしく言《い》い淀《よど》んだ上総に、無言で先を促す。すみませんと、謝罪が返ってきた。

『柚木さんによけいなことを言いました』

「よけいなこと？」

滅多なことでは失言をしない上総が和孝になにを言ったのか。怪訝に思ったが、すぐに上総自身から事情を聞かされる。

『柚木さんが女だったらよかったと、言ってしまったんです』

あれか、と思い当たる。和孝から聞いていたし、当人は特に気にした様子はなかった。すでに開き直っているようで、いっそさばさばとした口調だった。

しかし、上総の話はこれで終わったわけではなかった。

『私は——あなたが誰にも本気にならなかったのは、自分の人生に他人を巻き込みたくないからだと思っていました』

　上総がなにを言わんとしているか察しがつく。選んでやくざになった時点で、自分の人生に他人を巻き込まないと考えたのは事実だ。和孝が消えたときに捜さなかったのもそのせいだし、BMで働いていると知ったときにも姿を見せる気はなかった。

『でも、彼は私が思っていたよりずっと強いひとだったみたいです』

　上総にしては饒舌《じょうぜつ》とも言える口上に、久遠は片笑む。そもそも上総が和孝の話をしてくること自体めずらしかった。

「その言葉、あれには言うなよ。いま以上に調子に乗って好きにされると、俺が困る」

　半ば冗談、半ば本気で釘《くぎ》を刺して電話を終える。短くなった吸いさしの火を灰皿で消した久遠は、二本目の煙草を唇にのせた。

　半分ほど吸ったところで、手を内ポケットへやる。写真を取り出すと、そこに写っているふたりの男を見た。

　瘦《や》せこけた頰と吊《つ》り上《あ》がった目をした男は、植草だ。頰の傷痕《きずあと》は、若い頃、日本刀で斬《き》りつけられたときのものだと聞いている。写真の中の植草はやけに上機嫌で、いつもの鋭い目つきは愉《たの》しげに細められている。

　もうひとりの男は頭髪がほぼ真っ白で、目尻《めじり》のみならず頰や額にも深い皺が刻まれている。一時期は頻繁にメディアに登場していた男の名前は、山野正一《やまのしょういち》。十年前は某政党の代表まで務めた男だ。

現在は、政界どころかこの世からもリタイアしているため、山野の名前を耳にする機会は久しくない。もし山野が存命だったなら、間違いなくスキャンダルになる写真だった。

三島がこの写真を「苦労して」まで手に入れた理由は、ひとつだ。久遠の過去を調べているときに、父親と山野の繋《つな》がりを知り、自分のコネクションを駆使して探ったのだろう。

かつて久遠の父親は、投資信託のコンサルティングをしていた。仕事を通じて多方面にわたり人脈を築いており、山野もそのうちのひとりだった。

しかし、まさか山野が植草と繋がっていたとは——。

両親の乗った車が中央分離帯に突っ込んで亡くなったとき、単なる交通事故だとはどうしても信じられなかった。公的には居眠り運転による事故と処理されたが、慎重な父親に限ってあり得なかった。

その後、学生だった久遠は当時大学病院の医師だった冴島に検視を頼み、体内から睡眠薬が検出された際に事故ではないと確信した。が、久遠の思いに反して、最終的には無理心中と判断された。

父親の身辺を調べてみると、土地がらみでやくざに脅《おど》されていたという話を小耳に挟んだ。周囲は、これ以上深入りするのはやめろと止めてきたがどうしてもあきらめきれず、父親の学生時代の友人である木島を頼ったのだ。

しかし、それ以上のことはどうしてもわからなかった。父親を脅していたやくざは誰なのか。どんなネタで脅されていたのか。あのときの久遠は自分の手で真相を暴くには、自らその世界に入り込むしかないと考えた。

もうずいぶん前の話だ。個人的な事情に固執するには、背負うべき荷物が多くなりすぎた。

いまでも父親が自殺――ましてや無理心中を図ったなどとは思っていないが、ある時点で過去は忘れることに決めた。その判断は正しかったと思っている。

写真を内ポケットに戻すと、銜え煙草で上着を脱ぐ。シャツの釦《ボタン》に指をかけたとき、今度は上総から電話がかかってきた。

「なにかあったのか?」

久遠の問いかけに、上総は「白朗」の名前を口にのぼらせた。

『白朗の影武者を捕らえたとの報告を受けました』

もたらされた朗報に、久遠は思わず口許を綻《ほころ》ばせる。

「生きているんだろうな」

『息をしているかという意味でなら、生きています』

白朗本人にはすでになんの興味もない。己の理想に三代目の息子である慧一《けいいち》を巻き込んだことに関しても、いまとなってはどうでもいい過去の出来事だった。本国でなにをしようと彼の自由だ。

一方で、白朗の影を演じていた男に関しては捨てておくわけにはいかない。和孝は、自分の手で偽白朗を殺したと信じている。いまもそれが根深く残っているのだろう、ときどきうなされることもあった。

たとえ相手がどんな人間であっても、日頃、死とは無縁に過ごしている人間に人殺しはあまりに重い枷《かせ》だ。忘れろと言ったところで難しい。

久遠にすれば、死体が見つからなかったので、あるいはと見込んで調べさせていたのだが——どうやらその期待は叶えられそうだ。よく逃げてくれたと、男の悪運の強さに感謝したい心地だった。どんな状況であれ男が生きていれば、和孝の枷は消える。

「戻ったら俺が会おう」

短い会話を終えた久遠は、指に挟んでいた煙草を唇にのせると肺いっぱいに吸い込んだ。

三島から得た写真よりもたったいま上総から受けた報告のほうが重要だった。その事実に、月日の流れ以上に心情の変化を感じていた。

2

最後の客を見送ってオフィスのドアを開けたとき、そこに宮原《みやはら》の姿を見つけた。こちらに背中を向けて電話をしていたが、相手は外国人のようで受け答えは英語だった。

「It does not make sense」

めずらしく強い口調で宮原が相手に告げる。中へ入ろうか、それともこのままドアを閉めようかと迷っていると宮原が振り返ったので、視線が合った。

盗み聞きをしたつもりはなくとも、ばつの悪さに頭を下げる。一瞬、困惑した様子で睫《まつ》毛《げ》を瞬《またた》かせた宮原だが、すぐにもとのやわらかい表情に戻った。

「I gotta go」

その後、電話を切ると、ごめんと謝罪してくる。

「プライベートな電話なんだ」

微《かす》かな戸惑いの滲《にじ》んだ返答に、そういえばと和孝《かずたか》は思い出した。先日も、いまのように英語で電話をしていた際、和孝を認めたとたん即座に電話を終えたことがあった。

「――なにか、トラブルですか？」

気になって聞いてみると、笑顔が返ってくる。

「そんなんじゃないよ」

やんわりと拒否されてしまえば、これ以上首を突っ込むわけにはいかない。たとえ宮原がなにかトラブルを抱えていたとしても打ち明けるかどうかは宮原自身が決めることだし、なにより和孝に手助けができるかどうかも知れないのだ。

「それより、久遠《くどう》さんから連絡はあった？」

水を向けられ、どきりとする。前回、宮原が診療所を訪ねてきた日に電話があってから、今日で四日。久遠から連絡はない。そもそも四日前の電話すら、「変わりないか」と「午後からまた横浜《よこはま》だ」の二言だけだった。

「……いえ」

目を伏せた和孝に、そうと宮原は短い返答をする。

「僕もいま悩んでるんだけど」

言葉どおり思案のそぶりで、和孝のデスクをとんと叩《たた》いた。そこに置かれているのは、スポーツ新聞と週刊誌だ。わざわざ宮原が持参したらしい。和孝は無言でデスクに歩み寄り、まずはスポーツ新聞を手に取った。

一面の左下に、まるでやくざ映画のタイトルのごとく扇情的な見出しが躍っている。新聞をめくってみると、大きく取り扱ってある記事を見つけた。

『もはや抗争は避けられないのか』

読み手の危機感を煽る見出しに眉をひそめつつ、記事の内容に目を通す。そこには、不《ふ》動清和会《どうせいわかい》三代目の引退表明から現在までの状況が書かれていた。三代目を含め、跡目候補に挙がっている三人の経歴つきだ。久遠の欄には、枕詞《まくらことば》同然に「某難関私大卒のインテリやくざ」とあった。

週刊誌の記事はさらに詳しかった。三人のうち、誰が不動清和会の代紋を背負う可能性があるのか、もしそうなった場合この先日本の裏社会はどう変わっていくのか、細かく検証してある。やはり久遠が四代目の座につく確率は低く、実質的には植草《うえくさ》と三島《みしま》のどちらかになるとの見解だった。

さらには、一方が四代目の座についたとき、敗れた他方が不動清和会を割って出るかもしれないとも書かれてあった。そのときは、大きな抗争に発展する恐れもある、と。

週刊誌の記事を黙読しても、和孝が安堵《あんど》できる材料はひとつとしてなかった。万が一にも抗争になれば、久遠も必ず巻き込まれる。

「困ったよね」

宮原がため息をこぼした。

久遠がＢＭ《ビーエム》に関与していることを、三島は知っている。となれば、植草も知っている可能性は高い。宮原の言うように、いくら無関係を主張したところで、それを判断するのはこちらではない。ＢＭを利用できると判断すれば、三島も植草も迷わず手を出してくるはずだ。

　げんに久遠がＢＭや和孝から遠ざかっているのは、ふたりの注意がＢＭに向かないようにという意図があるからにちがいない。

「――そうですね」

　苦い気持ちで答えたとき、ドアがノックされた。

「どうぞ」

　声をかけるとドアが開き、そこにドアマンである津守《つもり》の姿を認める。津守は一目でなにかあったとわかる、硬い表情をしていた。

「失礼します」

　一礼して中へ入ってくると、テレビのスイッチを入れた。目に飛び込んできたのはバラエティ番組で、笑い声を耳にしながら和孝は怪訝《けげん》に思い、津守を窺《うかが》う。

「どうしたの？」

　小首を傾《かし》げた宮原が、直後、あっと小さく声を上げた。

「ニュース速報。見てください」

　津守の言葉に、和孝は画面上部を熟視した。

「午後九時四十分――不動清和会系斉藤《さいとう》組の事務所に、二発の銃弾が――」

　テロップを読み上げ、息を呑《の》む。

斉藤組といえば――。

「植草さんの事務所だね。こんなときに銃弾を撃ち込むんだから、犯人は誰にしてもなにか意図があるんだろうけど」

宮原が、似合わない縦皺《たてじわ》を眉間《みけん》に刻んだ。たいていのことなら落ち着いて処理する宮原ですら憂慮する事態だった。

「大丈夫ですか？」

どうやら動揺が顔に出たようだ。津守に問われ、和孝は喉《のど》をごくりと鳴らした。

「こういうことになるかもしれないっていうのは、予想していたから」

予想なら、いくつもした。軽いものから、最悪のケースまで。

今回、植草の事務所に銃弾が撃ち込まれた事件は最悪のケースではないが、軽いほうでもなかった。

一枚岩が三つに割れるという状況に陥《おちい》るきっかけになり得るのだ。

和孝の返答に頷《うなず》いた津守は、自分の仕事に戻るため静かにオフィスを出ていった。宮原とふたりきりになってからも、和孝は新たな情報が流れるのではないかとテレビ画面から目が離せずにいた。

「植草さんの人となりを聞く限り、このままってことはなさそうだよね」

ぽつりと漏らされた一言に、背筋が凍る。

たとえ今回の件が跡目騒動とは無関係だったとしても、植草は三島か久遠の差し金ではないかと疑うかもしれない。植草が報復に出れば、事態はますます複雑になる。いや、植草にとっても大事な時期だ。いま愚行を犯せば、自分の首を絞める結果になると熟知しているはずだ。

無意味と知りつつ、あれこれと思考を巡らせる。

「柚木《ゆぎ》くん」

テレビに向けられていた宮原の視線が、こちらへ向いた。

緊張から和孝が背筋を伸ばすと、宮原はゆっくりと先を続けていった。

「しばらく休もうと思ってるんだ」

「え」

宮原が悩んでいるのは、本人から聞いていた。けれど、いまのいままでまさかこういう流れになるとは予想していなかった和孝は、咄嗟《とっさ》に宮原を見つめていた。

「……休むって、ＢＭをですか？」

半信半疑で確認すると、宮原が迷わず顎《あご》を引いた。

「そう。いま受けている予約はしょうがないとしても、しばらく新規は受けない。万にひとつも、会員に迷惑がかかるような事態になったら困るから」

「………」

もっともな言い分に、和孝は黙り込む。少なくともこの八年、ＢＭが休業したことは一度もなかったので、現状がいかに緊急事態であるか察せられた。

「じつは、ちょっと前に久遠さんからも申し出があったんだ。しばらくＢＭには顔を出さないって。だから、いまのニュースを見るまでは僕もなんとか続けようと思っていたんだけど――やっぱりそう簡単にはいかないね」

残念そうに見える一方で、宮原の口調には微塵《みじん》の迷いも感じられない。他に選択の余地はないと考えているのだ。

「しばらくって、いつまでですか」

四代目が正式に決まればいいのか。また元どおりになれるのか。しかし、週刊誌にも書かれているような抗争に発展する可能性もある。

「今回の件が落ち着くまでは少なくとも再開できないかな。四代目の襲名式が終わる頃には――って希望は持ってるんだけど、こればっかりはそのときになってみないとわからないでしょう」

「――――」

宮原の言い方がやけに突き放したように聞こえ、和孝は戸惑う。

宮原は、優しげな外見が意外に思えるほど腹の据わったひとだ。半面、物事に執着しないところもあり、それが和孝を不安にさせていた。

「……そのままになる、ってことはないですよね」

あっさりBMを閉じてしまうのではないかという疑念が湧《わ》き、慎重に問う。

宮原はなにも答えず、穏やかに目を細めた。

やわらかな笑みがどちらの意味なのかわからず、ますます不安に駆られる。もう一度念押ししようとした和孝だが、口を開く前に『魔王』のメロディにさえぎられた。

宮原の話を聞きたいが、久遠からの電話も無視できない。一瞬迷った和孝に、宮原は手を上げて部屋を出ていった。

呼び止めようにも、これ以上なんと言えばいいのか言葉がなにも浮かんでこなかった。

困惑したまま意識を『魔王』のみに向けた和孝は、急いでデスクの上の携帯電話を取り上げた。

「――久遠、さん」

たったいま見たニュースが影響したのだろう、思いのほか緊張しているせいで携帯を持つ手に力が入る。

『なんだ。どうかしたか？』

耳に届く久遠の声は、普段と同じだ。低くて、微かにハスキーな声に和孝はほっとする。たとえどんな状況下にあろうといつもどおりの久遠の様子に、安堵するのだ。裏を返せば、久遠がいつもどおりでなくなったときこそ異常事態だと言える。和孝がもっとも恐れていることだった。

「あ……うん。ちょうど、ニュース速報見たから」

久遠も見たようだ。あれかとそっけない答えが返った。

「平気？　結構、大変なことになるんじゃないかって心配してるんだけど」

『俺には関係ない。思い当たることが多すぎて、あのひと自身、相手が誰なのか見当がつかないんじゃないか？』

あのひとというのは、植草のことだろう。

久遠が無関係なら、和孝も同じだ。極道の世界に身を置く以上、常に危険と背中合わせになるというのは理解しているつもりだ。だからこそ、無事を祈っているのだが――久遠さえ無事なら三島や植草の身になにがあろうとどうだってよかった。

『いま、近くに誰かいるか？』

なぜこんなことを聞くのか、首を傾げながら否定する。

「俺、ひとりだけど」

久遠がなにを告げようとしているのか、気構えした和孝の耳に、思いもよらなかった名前が届いた。

『白朗《バイラン》の代役だった男だが』

ひゅっと喉が音を立てた。事実を受け止め、あの場はああするしかなかったと自分を納得させてきたが、やはり動揺せずにはいられない。久遠がいまあの男の話をしてきたのは、なんらかの進展があったからにちがいなかった。

『奴の本当の名は王少鵬《おうしょうほう》だ。中国のスラム街に住んでいたが、三年前、白朗の代役として拾われたらしい』

「…………」

初めて聞く名前は、和孝の知る男とは一致しない。和孝にとって彼は「白朗だった男」であり、「自分の手で殺《あや》めた男」だ。

この後の久遠の言葉には、混乱して返答に詰まった。

『奴は生きていた』

一瞬、なんのことなのか理解できなかった。意味がわかってからも、言葉どおりには受け取れずに疑念が湧き上がる。

そんなわけはない。あの男は、俺がこの手で殺したのだ。両の手のひらにははっきりと首を絞めたときのコードの感触が残っているし、目を剝《む》き、泡を噴いた男の形相も明瞭《めいりょう》に脳裏に刻まれている。

『中華街から逃げ出したあと、ホームレスの中にまぎれて暮らしていたようだ。俺が直接会って確認した』

「…………」

中華街から逃げ出してホームレスになったなんて――そんなことがあり得るだろうか。あのとき、男は確かに息をしていなかった。

男の死に顔が瞼《まぶた》の裏にちらつく。頭がぼうっとしてきて、全身の肌が粟立《あわだ》ち、寒気を覚えた。

一連の出来事を思い出せば、昨日のことのように感じる。普段は記憶の底に沈めているのに、いったんよみがえらせると、まるで目の前にスクリーンでも現れたかのごとくはっきりと再現される。

――死にたくなかったら、じっとしてろ。

白朗だと思っていた男は、昂奮《こうふん》のために生臭い息を吐きながら和孝の上にのしかかってきた。和孝はわざと相手の好きにさせ、背中に回した脚でぎゅっと締めつけたあと、手にしたコードを男の首に巻きつけた。

――なんだ。

男がコードを外そうともがいた。けれど、ここで放せば終わりだと思い、渾身《こんしん》の力でコードで絞めた。

――ぐぅう……っ。

最中はひたすら久遠の名前を呼び続けていた。そうでもしないと、苦悶《くもん》の表情を間近にしてとても正気ではいられなかった。

人間のものとは思えないほどの恐ろしい呻《うめ》き声《ごえ》を上げながら、男が痙攣《けいれん》し始めた。そして、白目を剝いたかと思うと男は――。

『和孝』

久遠にきつく呼ばれ、びくりと肩が跳ねる。

肩で息をしながら、和孝は忌まわしい記憶を無理やり脇《わき》に押しやった。

「あ……うん。ちゃんと聞いてる」

一気にかいた汗のせいで肌に張りつくアンダーウエアが気持ち悪い。仕事が終わったあとでよかったと、和孝は首筋に浮いた汗を手で拭《ぬぐ》った。

「ごめん。大変なときに手間を取らせて」

汗のついた手に目を落とす。一瞬、とっくに消えてしまったコードの痕《あと》が見えた気がして慌てて握り締めた。だが、遅かった。あのとき感じたコードの食い込みが手によみがえってくる。

熱くて、痛くて、痺《しび》れていた。

『和孝』

再度久遠が和孝の名前を口にした。今度は、まるで子どもに言い聞かせるも同然のゆっくりとした呼び方だった。

久遠には、和孝の心情がわかっているのかもしれない。

『もう一度言うから、ちゃんと理解しろ』

久遠はそう前置きすると、別の言い方で説明してくれた。

『白朗の代役は生きていた。おまえは殺してない。俺が会って確認した』

「………」

今度は、初めからちゃんと頭に入ってきた。

でも、殺してなかったなんて、やはり信じがたい。それが本当ならあのとき目にした苦悶の死に顔や自分の手のひらに残るコードの感触はなんだったというのか。

「俺……」

小さく声を漏らした和孝は、

『いいから言ってみろ』

久遠に促されて、強張《こわば》った唇を解く。

「……あのとき、あいつ、息してなかった。白目剝いて、口から涎《よだれ》を垂らして、苦しげな表情で死んでたんだ。俺がこの手で殺したから」

ひとの死に顔を初めて見た。自分の手で殺した男の死に顔を見る日がくるなんて思わなかった。

捲《まく》し立《た》て、ぶるりと震えた和孝に、久遠の揺るぎない声が投げかけられる。

『息を吹き返すことはよくある。奴は生きていた。捜すのに手間取ったが、やっと見つかった。おまえは誰も殺していない。久遠の言葉を頭の中で反芻《はんすう》する。本当だろうか。久遠に噛《か》んで含めるように言われれば、本当にそうかもしれないと思えてくる。

あのとき死体が見つからなかったのは、息を吹き返した男がその場から立ち去ったからと考えれば説明がつく。もし久遠が和孝に嘘《うそ》をつくつもりなら、初めから男は生きていたと言えばよかったはずだ。

『俺を信じろ』

静かで、力強い言葉に、ようやく和孝は肩の力を抜く。久遠が会って確認したというのだから、あの男は生きていたのだろうと信じられた。

同時に、男の歪《ゆが》んだ顔も遠退き、手のひらの熱や痺れも消え去った。

鼓動も落ち着き、厭《いや》な汗も引いていく。

「――うん」

ありがとう、と素直に礼を言う。忙しいさなか、わざわざ久遠が男に会いに行ったのは和孝のために他ならない。和孝が疑うだろうことを予測し、自分の目で確かめてくれたのだ。

久遠のおかげで、ようやく悪夢から解放される。自分がいかに大事にされているか実感するのは、こういうときだ。

「宮原さんから聞いた。久遠さん、しばらくBMから手を引くんだってね」

和孝も同じだった。もしかしたら自分が久遠の足枷《あしかせ》になるかもしれないと不安になりつつも傍《そば》にい続けるのは、久遠を大事に思っているからだ。

久遠本人に突き放されない限り、和孝は身を退《ひ》かない。いや、たとえ突き放されたとしても、どうにかして近くにいようとするだろう。

離れてしまっては意味がなかった。久遠に必要とされたときに傍にいて抱き締めることこそが、自分の役目だと信じているのだ。

和孝にとって、久遠と離れて過ごした七年間はすでに遠い。

いまと十七歳の頃とはちがう。

状況も心情も、なにもかも変わった。冷めている、クールだ、なんて言われていた頃もあったはずなのに、自分のどこにこれほどの情動があったかと驚くほどだ。

『そうだな』

久遠の返答は短い。おかげで和孝は、普段から口数の少ない久遠の心情を推し量る癖がついてしまった。

「いよいよって感じ？」

あえて軽い調子で切り出すと、まあなと、やはり短い答えが返った。

跡目なんてどうでもいいから無事に切り抜けてほしい――喉まで出かけている言葉を呑

み込み、ありったけの気持ちを込めて一言だけ告げる。

「気をつけて」

何度この言葉を口にしただろう。その都度想《おも》いを込めてきたが、今回もありったけの気持ちを込める。

久遠には伝わったようだ。

『わかっている』

久遠にしては、やけにやわらかな声音を聞かせてくれた。

電話が切れてからも、和孝はしばらく携帯を耳に押し当てていた。心中で何度も、どうか気をつけてと祈りながら。


ほどなくしてクラブＢＭは休業状態に入った。

それは、ＢＭの歴史の中で初めてのことだった。

3

無職同然になった和孝《かずたか》は、診療所の手伝いをして日々を送ることになった。少なくとも四代目の襲名式が終わるまでは現在の状況が続くのだから焦ってもしようがないとわかってはいても、和孝には長い日々だ。

「先生、タオルここに置きますね。あと、シーツ替えておきました」

手伝いといっても、資格も知識もない和孝にできることなどたかが知れている。ようするに、雑用だ。

あれは誰だ、と初めて会う患者から質問された際、「使用人だ」と冴島《さえじま》は応《こた》えていたが――いまはまさに使用人の役目を担っていた。

冴島の反応は、頷《うなず》くだけだ。仕事中も普段と変わらず飄々《ひょうひょう》として見える冴島が、じつはそうではないらしいと三日も傍《そば》で見ていれば気がついた。

元来几帳面《きちょうめん》な性分である冴島だが、こと仕事となると拍車がかかる。埃《ほこり》ひとつに気をつけるのはもちろんのこと、シーツはきちんと糊《のり》づけして皺《しわ》ひとつ許さない。手伝いを始めた初日、和孝はまずシーツの交換の仕方で叱《しか》られた。

診療所の清潔を心掛けるのは当然だ。しかし、見てないように思えて患者の顔色や様子を即座に把握するあたりは、さすが「元エリート」だけのことはあると感心せずにはいられなかった。

「子どもの風邪がうつった？」

カラフルな昇り竜の刺青《いれずみ》が入った背中に聴診器を当てながら、冴島がふんと鼻を鳴らす。

「子どもの風邪がうつるのは、自分も子どもの証拠だな。おまえさんが倒れたら、誰があの子の面倒を見るのか。可哀想《かわいそう》に」

冴島にかかれば、強面《こわもて》のやくざも形なしだ。まだ和孝とそう変わらない歳《とし》だろうやくざは、一刀両断されて肩を縮める。

「わかってるよ」

背中の厳《いか》つい刺青に反して素直に反省するやくざの姿を前にして、和孝は吹き出しそうになるのを堪《こら》える。

「俺だって好きでうつされたわけじゃねえし」

だが、唇を尖《とが》らせた子どもっぽい顔を見て、我慢できなくなった。すぐさま顔を背けたものの、どうやらやくざは和孝が笑ったことに気づいたらしい。

「んだよ、てめえ。やんのかコラ」

険しい顔で威嚇されても、冴島に叱られて小さくなった姿を目にしたあとでは怖くもなんともない。謝ってもますます男は眦《まなじり》を吊《つ》り上《あ》げ、まるで動物みたいに威嚇してくる。

もっとも、その威勢も冴島に一喝されるまでだ。

「いいかげんにせんか」

呆《あき》れ口調で注意されると、ぶつぶつ文句を並べながらもやくざはおとなしくなった。きっと彼も、和孝同様冴島に頭が上がらないのだろう。

「おまえもだ。用が終わったら、外に出て赤子とでも遊んでろ」

引き戸を示され、さっきから聞こえている泣き声に意識を向ける。子どもの泣き声だ。睨《にら》んでくる男を尻目《しりめ》に、和孝は冴島の指示に従い廊下へ出た。

廊下に設《しつら》えられた待合スペースで泣いているのは、一歳にも満たない乳児だった。若い父親はどうしていいかわからないのだろう、すっかり閉口し、腕の中の我が子を持て余しているように見える。

仕事の合間に連れてきたらしく、スーツ姿の父親には大変だと同情する。

いったん部屋に戻ろうとしたとき、父親と目が合った。かと思えば、いきなり椅子《いす》から立ち上がった彼は乳児を和孝に押しつけてきた。

「え、なんで」

思いもよらなかった展開に、和孝はその場で固まる。抱くどころか、接した経験すらないため自分の腕に乳児がいるという事実がすでに恐ろしかった。和孝自身、子どもに好かれるタイプの人間ではない。

それを証明するかのごとく、乳児は火がついたように大きな声で泣き始める。

「おまえ、ここの使用人ならどうにかしろ」

無茶な要求に首を横に振ったが、父親に無視される。

おろおろしながら、とりあえずそのへんを歩き回ってみた。父親に戻そうにも、解放された彼はさわやかな顔でいきなりストレッチをし始めた。

「い……いない、いない……ばあ」

大きく口を開けてみたが、乳児が泣きやむ様子はない。当然だ。父親で駄目なのに、よその男で泣きやむはずがない。

「ほ、ほら——こっち見て。いないいない、ばあ」

半ば自棄《やけ》で、いままで一度もしたことがない顔をしてみせた和孝に、救世主の声がかかる。

「なにやってるんだ」

診察室から出てきた冴島は、和孝の腕から乳児を受け取った。驚いたことに、乳児はぴたりと泣くのをやめた。

「どんな魔法使ったんですか」

本気で聞いたのに、冷ややかな視線が返ってくる。

大袈裟《おおげさ》でもなんでもない。あれだけ泣いていた乳児が冴島に抱かれた途端に機嫌を直したのだ。魔法としか思えない。どうやら父親も驚いたらしく、目を白黒させた。

「入ってこい」

冴島に顎《あご》で促され、父親のあとから和孝もふたたび診察室へ戻る。

冴島にあやされて泣きやんだ乳児は、よく見ると存外可愛《かわい》い顔をしている。顔じゅう涙や鼻水で濡《ぬ》れているが、大きくなれば「イケメン」になりそうだ。

ベッドに乳児を寝かせた冴島は、父親から症状を聞きながらうまくあやし、診察をする。和孝の出番はない。と、気楽に構えていたら、乳児にじっと見つめられていることに気がついた。

冴島に守られているという安心感からなのか、乳児は黒々とした瞳《ひとみ》で和孝を見つめ続ける。目をそらすわけにもいかず、ずっと作り笑いを浮かべるしかなかった。

「どうだ。最近の調子は」

乳児の胸から聴診器を外した冴島が、父親に水を向けた。

「どうもこうも」

ため息とともに襟元を引っ張った父親は、回転椅子をぎしりと鳴らした。

「ここんとこ、誰が四代目の座に座るかっていうんで大騒ぎですわ。うちみたいな小さな組は、一歩間違えるとあっという間に潰《つぶ》れちまうんで」

父親の返答を聞いて、和孝は唇を引き結ぶ。和孝の視線には気づかず、彼はなおも先を続けていった。

「西の奴らも虎視眈々《こしたんたん》と狙《ねら》ってるって聞くから、誰に決まってもひと悶着《もんちゃく》ありそうっすねえ」

てっきり会社員だと思っていたが、ちがったようだ。ごく普通に見える外見に反して、男は巻き舌ぎみに喋《しゃべ》る。

「つーか、この前、斉藤《さいとう》組に銃弾が撃ち込まれた事件があったの、憶《おぼ》えてます？　あれ、木島《きじま》組がやらせたんじゃないかってもっぱらの噂《うわさ》っすね」

いきなり木島組の名が出てきて、危うく声が漏れるところだった。唇に歯を立ててなんとか堪えたものの、衝撃的だった。

もちろん、男の言ったことは事実ではない。久遠《くどう》は、自分は関係ないと明言した。

「その噂自体、誰かがわざと流しているって可能性もあるんだろう？　やくざってのは、懐《ふところ》の探り合いで信用ならないからな」

診察を終えた冴島が乳児を抱き上げながら、さりげなく水を向ける。信用ならないと言われたことに気分を害したのか、父親は顔をしかめる。

「そりゃ、そういうのもあるっすよ。けど、幹部ともなればそんなセコい真似はしませんって」

「幹部だからこそかもしれんぞ。下の者に権力を誇示するには、ある程度のはったりは必要だし、いささかやり過ぎたとしてもおかしくはない」

自分の意見をすぐさま否定されて、父親が舌打ちをする。反論しないところを見ると、彼にも思い当たるところがあるのかもしれない。

「そりゃ、俺たち末端の組員にはなんにもわかんねえけど」

仏頂面《ぶっちょうづら》で吐き捨てるだけだ。

「世の中、わからないほうが幸せってこともある。なんにしても、どっしり構えておくことだな」

不機嫌になったのかと思えば、冴島の助言には「うす」と素直に頷く。冴島診療所に裏稼業の人間が多く訪れるのは、冴島の態度が分け隔《わへだ》てないとかツケがきくとか、そういう理由ばかりではないのだろう。中には人生相談をしていく者もいるくらいだ。

「熱もないし、いたって健康。むずかるのは、おむつかぶれだな」

冴島の診断に父親は拍子抜けしたのか、あからさまにほっとした表情になった。

「どうも、お世話になりやした」

丁寧に頭を下げて父子は帰っていく。抱いた途端にむずかりだした我が子を懸命に宥《なだ》めながら、彼は診察室を出ていった。

「まあ、噂とはいえ、なかなか悩ましい状況にあるようじゃなあ」

冴島の一言に目を伏せた和孝は、直後、はたと気づく。冴島が和孝を呼び戻したのは、いまの話を聞かせるためだったか。

「さっきのお父さん、不動清和会《ふどうせいわかい》系列の組員だったんですね」

「系列と言っても、木島組の足許にも及ばんよ。直系ですらない。ようは、末端の組員まで噂が届いてるってことだな」

「…………」

なぜ冴島がこんなことを言うのか、和孝にも察せられる。たとえ根も葉もない噂であっても、軽視できないほど広まっているという意味だ。

「なんだ、その死にそうな顔は。そんな顔するんなら、聞かせなきゃよかったか」

冴島に横目を流され、表情を硬くする。

冴島が不安を煽《あお》るために聞かせたわけではないことくらい、和孝も承知のうえだ。冴島はきっと、無駄な想像をして案じるより現状を把握してちゃんと受け止めろと言いたいのだろう。

久遠の傍にいる限り何度もこんな思いを味わうはめになるのに、そのたびに狼狽《うろた》えていては身が保《も》たない、と。

事実を把握して、正面から受け止め見守る。それが、身近な人間ができる唯一のことなのだ。

食の話をする。

「患者も途切れたし、休憩にするか」

診療所を出る冴島のあとに続き、和室に移動する。煎餅《せんべい》と緑茶で一服しつつ、昼食と夕食の話をする。

「買い物行ってきますけど、昼はサンドウィッチでいいとして、夜はどうします?」

冴島は基本三食とも和食だ。冴島の好みだが、先月、和孝がどうしてもと頼み込んで昼食にサンドウィッチを用意した。ハムと卵、チーズ、ポテトサラダという簡単なものだったが、思いのほか冴島は気に入ったようで、以降、一週間に一度のペースで昼食はサンドウィッチになった。

その事実は、存外和孝を喜ばせた。たかだか食べ物だが、自分の嗜好《しこう》が冴島に認められたような気がしたのだ。

「頂き物の野菜があるな。菜の花はお浸しにして、新キャベツは煮るか炒《いた》めるかするかのう」

「あ、そうですね。シンプルにベーコンとかどうですか」

和孝自身は冴島から多大な影響を受けていても、冴島に与えるものなど皆無だ、と思っていた。

けれど、洋食をまったく受けつけなかった冴島が、サンドウィッチをうまいと言った。そんな些細《ささい》な変化に、和孝は他人と暮らすという意味を知る。

冴島に言えば、きっと大袈裟なと笑うだろうが。

休憩を終え、予定どおり買い物に行こうと腰を上げた。ちょうどそのとき、いつ連絡があっても受けられるようにと常時ジーンズの尻ポケットに入れっぱなしの携帯電話が震え始めた。

かけてきたのは、宮原《みやはら》だ。

和孝が出てみると、宮原は普段どおりのやわらかな声を聞かせてくれる。

『柚木《ゆぎ》くん、久しぶり。元気にやってる？』

宮原とは一週間前に電話で話をした。それまでは毎日のように顔を合わせていたので、これほど離れたのは、和孝がBM《ビーエム》の仕事についてから初めてだった。

「はい。毎日鍛えられてます。宮原さんは、お変わりないですか」

『うん。なんにも変わりないねえ』

ふふ、と宮原が笑う。

頻繁に筋者の患者が出入りしているとはいっても、基本的に冴島との生活はゆったりしているのでともすれば世俗を忘れそうなものだが、宮原と話をするとさらに凪《な》いだ気持ちになる。

『あのね。じつは、ちょっと頼みがあって電話したんだ』

「頼み――ですか」

めずらしいと思いつつ、次の言葉を待つ。宮原の頼みであれば、なにをおいても聞くつもりだった。

『急で悪いんだけど、知人のパーティの給仕役を頼まれてくれないかな。僕が行く予定だったんだけど、用事ができちゃって』

悩むまでもない。接客は、とりたてて特技のない和孝ができる唯一といっていい仕事だ。

「大丈夫です。詳しく教えてください」

急というだけあって、今夜のパーティだった。場所と時間、目的、客層など詳細を聞きながら、身を引き締める。一度は宮原が自身で行くと考えたほどのパーティなのだ。客層は推して知るべしだった。

『先方には僕から伝えておくね。ほんとに、柚木くんが受けてくれて助かった――ほら、僕は大勢の前に出るのは苦手だから』

心底ほっとしたような謝罪に、和孝は苦笑いをする。

「時間が余っていたんで俺はいいんですが――宮原さん、隠居生活を送るには早すぎますよ」

和孝にマネージャーの座を譲る際に、自分はもう隠居するからと話してくれたことがある。宮原がまだ三十歳になる前だ。

当時は冗談だと思っていたが、実際、あれ以来不測の事態を除いて宮原は和孝のオフィスに顔を出しても、客はもとよりスタッフとすら積極的に会おうとはしない。柚木くんに任せているからというのが口癖で、和孝にしてみれば嬉《うれ》しい半面、責任の重さを感じている。

『まあね。一般社会では通用しないよね。我《わ》が儘《まま》なのはわかってる。でも、いまの僕にはこれが性に合ってるみたい』

穏やかに話す宮原に、和孝は引っかかる。過去になにかあったのだろうかと邪推してしまう言い方だ。

「——そういえば俺、宮原さんの昔のことってなにも知りません」

宮原の出自を知ったのもごく最近だ。ＢＭに関しても、前のオーナーというのはどんな人物だったのか、宮原との関係はどういうものだったのか、まったく聞かされていない。

『あれ？　柚木くんだって』

意外とでも言いたげに、お互い様だよと宮原は笑った。

『柚木くんも、最近までなにも話してくれなかったじゃない。おうちのことも、久遠さんのことも』

「それは……」

藪蛇《やぶへび》になってしまった。宮原の言うとおり、以前の和孝は個人的事情に関して口を噤《つぐ》んでいた。

『というか、僕の場合は聞いたって退屈だよ』

宮原が一言で話を切り上げる。

はぐらかされたような気がしたが、それ以上の詮索《せんさく》はやめておいた。

『じゃあ、悪いけど頼むね』

「わかりました」

電話を切った直後から、気持ちを入れ替える。宮原の代理で給仕を務めるからには、些細なミスもあってはならない。

冴島は電話の内容で予定変更を察したようだ。すでに台所で鍋《なべ》を火にかけていた。

「蕎麦《そば》で早めの昼をすませるかな」

冴島家では常に出し汁が冷蔵庫で保存されている。鰹節《かつおぶし》で取った出し汁は煮ものや、今日のように蕎麦のときに活躍する。

隣に立った和孝は、宮原からの頼まれ事について告げた。

「仕事を受けたので、お昼がすんだら準備して出かけます」

頷いた冴島が、ふふんと鼻を鳴らした。

「なんだ。やけに張り切ってるじゃないか。久々のお役目がそんなに嬉しいか」

意外な言葉を聞いて、和孝は眉《まゆ》をひそめる。嬉しいなんてと思ったが——言われてみれば、少し昂揚《こうよう》しているかもしれない。すぐにそれを感じ取った冴島は、やはり油断ならない爺《じい》さんだ。

「……べつに、いいじゃないですか」

久々のお出かけに喜ぶ子どもみたいだと揶揄《やゆ》された気がして唇をへの字に歪《ゆが》めると、冴島がひょいと肩をすくめた。

「悪いなんて言っておらん。いいことだ。人間、好きなことがあったほうが生活に張り合いが出る。おまえさんは、心底接客業が好きなんだろう」

最近、自分でも気づいていたので冴島の指摘に気恥ずかしさを覚える。

「社交的じゃないですけど」

むしろ人づき合いは苦手だ。だから、社交性を必要とする接客業についているのが、和孝自身不思議だった。照れ隠しでぶっきらぼうに返した和孝に、冴島はいたって軽い口調で続けた。

「私生活で社交的かどうかは関係ない。仕事として、好きか嫌いかの話だ」

なにげない一言だ。けれど、和孝にとっては目から鱗《うろこ》だった。つまり自分は、向き不向きはべつとして接客業が好きらしい。

「――そうですね」

同意する一方で、これだから冴島には頭が上がらないのだと再確認する。居候《いそうろう》の身という以上に、冴島には何度も驚かされ、救われてきた。

「ほら、できたぞ」

冴島は手際よく蕎麦をどんぶりによそう。薬味はシンプルに海苔《のり》と葱《ねぎ》だ。

その間に和孝は箸《はし》と湯呑《ゆの》みを用意し、卓袱台《ちゃぶだい》に向かい合って座った。

「いただきます——あ、うまいですね」

一口すすって感想を口にすると、冴島がにやりと頬《ほお》を緩めた。

「やっと少しは味がわかるようになったか。ご近所さんにいただいた信州土産《しんしゅうみやげ》の十割蕎麦だから、一味ちがうだろう」

冴島家は貰《もら》いものが多い。ご近所や患者からお裾《すそ》分《わ》けや土産を貰うので、食費面でも助かっている。もちろん冴島がそれだけのことをしているからだ。

診察料の便宜はもとより、診察時間外でも構わず診《み》る。おそらくいまではめずらしいタイプの医者だ。

以前、久遠の両親の事故死を検視したことがきっかけでエリートコースから外れたという話を聞いたが、何事もなかったとしても結果は同じだっただろうと和孝は思っている。冴島にエリート医師など似合わない。

うまい蕎麦をすすりながら、和孝はふと思う。好きというのは、じつは一番の強みではないかと。

冴島はきっと人間が好きなのだ。好きだから、堅気《かたぎ》であろうとなかろうと受け入れる。和孝のことも、久遠のマンションで会うなり、多くを聞かずに受け入れてくれた。

ふたりで蕎麦を食べ終え、片づけをすませると準備にかかる。風呂《ふろ》を使い、前髪を上げ、カジュアルなジャケットとスラックスに着替えた。

給仕服は先方で用意されるというので、和孝は身ひとつを現地に運べばよかった。

「行ってきます」

午後三時になって、診療中の冴島に声をかけて家を出た。スタッフ用に駐車スペースが用意されているかどうかわからないので、電車を利用するために駅へと足を向ける。診療所の前の細い路地を抜けたところで、路肩に停《と》まった車の窓が下りて声をかけられた。

「どこに行く」

駐車場とは逆方向へ進もうとしたせいで、怪訝《けげん》に思ったようだ。沢木《さわき》の顔には、よけいな真似をするなという心情が如実に表れている。

「臨時の仕事。電車で行くから」

駅方面を指し示す。

ドアを開けて車から降りてきた沢木は、くいと顎をしゃくった。

「乗れ。送っていく」

沢木ならそう言うだろうと思っていたが、一応確認する。

「断ったら、沢木くんもついてくる?」

当然だと即答された。それなら、思案の余地はない。沢木と電車で現地に向かうより、車で送ってもらったほうが目立たなくてすむ。沢木に関しては、面倒かけて申し訳ないと思っているし、強固な姿勢には尊敬の念も抱いているが、一緒に歩きたいかどうかとなればまったく別の話だった。

車を回り込み、助手席に乗り込む。

「いつも悪い」

運転席に身を入れてきた沢木に謝罪したが、なんの反応もなかった。走り出した車中でも沢木は無言だ。

徹底してるよなと、まるで戦いを挑んでいるかのごとく真剣な横顔を目の隅で窺《うかが》った。

「あのさ、俺が仕事している間、沢木くん、どうしてる?」

一応確認してみると、予想どおりの答えが返ってくる。

「車で待機している」

店に入ってこられても困るが、車でじっと待機するのも大変だろう。何時間も車中にいれば、不審がられるのは必至だ。

「店にいる間は大丈夫だから、沢木くんもその間一服すればいいよ。終わったら、必ず電話するし」

和孝がそう言うと、沢木が不満げな顔をした。反論されるかと思ったが、発せられたのは別のことだった。

「臨時の仕事ってのは、なんかの会合なのか？」

仕事内容について聞かれるとは思っていなかったものの、沢木によけいな心配をかけるのは本意ではないので、和孝は苦笑いで頷いた。

「ＳＥＣってＩＴ企業があるだろ？　そこの十周年記念のパーティの給仕役をするんだよ。宮原さん経由の仕事」

だから少しも危険ではないと言外に伝える。

なおもなにか言いたげな顔をした沢木だが、それ以上質問を重ねることなく唇を結んだ。

前方に宮原から教えられたビルが見えてくる。五階にあるクラブは、三年ほど前ＳＥＣが初めて飲食業界に乗り出した店で、いまでは四店舗にまで増えている。

「ありがとう」

路肩に停まった車から和孝が降りようとしたとき、再度沢木は口を開いた。

「向かいの店にいる」

道路を隔てた先にハンバーガーショップの看板が見えた。

「でも――結構遅くなるよ」

何時間もそこで待つつもりかと問うてみたが、沢木には愚問だったらしい。無言で和孝を促すと、自分は睨むような眼をしてその場に留《とど》まる。

和孝が中へ入るまでそうするつもりだろう。沢木の視線を感じながら、和孝はビルへ向かった。五段ほどの階段を上がり、二基あるエレベーターのボタンを押す。右側の扉が開いたので、そちらに乗り込んだ。

五階建ての商業ビルには、いろいろな店が入っている。美容院、エステティックサロン、バー、居酒屋。いずれも耳にしたことのある有名店だ。

和孝が向かっているクラブも何度かマスコミに取り上げられたことのある人気店で、大人を対象にしたクラブとして、黒と白を基調にしたシックな内装を雑誌やテレビで目にしていた。

エレベーターを降りてすぐ目の前に受付カウンターがあり、その向こうには重厚な鉄製の扉が見える。

和孝が入っていくと、店のスタッフだろう数人が今夜のパーティの準備に追われていた。

フロアの中央テーブルには花が飾られ、その周囲にグラスや皿、カトラリーが置かれている。テーブルは六つあり、立食形式のパーティのようだった。

下手には簡単な調理スペースが設けられ、作り立ての鮨《すし》やステーキ、フォアグラのソテーなどが振る舞われるようだ。和食と洋食、料理人たちは真剣な面持ちで食材を確認している。

「すみません。宮原の代理で伺いました。柚木と言います」

てきぱきと指示を出している男に声をかけると、男の目がこちらに向いた。二十代後半らしい長身の男はクラブの責任者のようだが、BMに関しては聞かされてないのか、和孝のことはSECの社長と懇意にしているバーのオーナーという認識らしい。

挨拶《あいさつ》をすませてから、仕事内容について説明を受ける。

「お若いからびっくりしました。SECの社長から、なにかあったときは柚木さんにお任せしたらいいと言われたので——てっきりもっと年配の方だと思っていました」

社長にしてみれば、BMのマネージャーというのは安心要素なのだろう。確かに、急なトラブルへの対処に和孝は慣れている。給仕役にしても、宮原の代理として恥ずかしくない仕事をする意気込みでやってきたのだ。

他のスタッフの紹介を受けたあと、給仕服を手渡される。どうやらこのクラブの制服らしい上下黒のスーツは、襟元だけが濃いグレーだ。

蝶《ちょう》ネクタイをするのは久しぶりだと思う傍《かたわ》ら、時刻を確認する。パーティの開始時刻にはまだ一時間半ほどあるものの、あと三、四十分もすれば気の早い招待客がやってくるにちがいない。

スタッフルームに退き、着替えをすませた。給仕服のサイズはぴったりで、最後に髪をチェックしてからふたたびフロアに戻った。

ちょうどそのとき、年配の男が店内に入ってくる。宮原の友人であり、BMの会員でもあるSECの社長だ。もちろん和孝も面識があり、目が合うや否《いな》や社長は満面に笑みを浮かべて歩み寄ってきた。

「申し訳なかったね。でも、柚木くんに引き受けてもらって私も嬉しいよ」

特徴のない普通の男のように見えて、一代でSECを築き上げた有能な男だ。SECの年商は百億とも言われている。

「いえ。お役に立てればいいのですが」

頭を下げた和孝に、社長は笑顔で応えて責任者のもとへ向かう。和孝は他のスタッフとともに、会場の準備を手伝いながら招待客の来場を待った。

まもなく、招待客がやってくる。一般客のみならず、著名人の姿もあった。

パーティが始まるまでは、壁際に設置した椅子を勧めてくつろいでもらい、希望する客には飲み物を用意する。

しばらくすると開始時間の六時半になった。社長が右前方に現れ、マイクを通じて来場者に謝意を述べる。

簡潔で、少しの笑いを誘った挨拶が終わると、シャンパンで乾杯だ。その後は歓談となり、和孝たち給仕係は本格的な仕事に入る。

あちこちで愉《たの》しげな声が上がり、名刺交換がされる中、トレンチ片手にテーブルの間を縫って歩いた。

なにかあったときは――と聞いていたが、今夜の招待客はみな品がよく、トラブルを起こすような人間はいないようだ。和孝はリラックスして、自身の役目を果たしていったが――三十分ほどたった頃、思いがけない事態が起こった。

遅れてきた客は何人かいたが、まさかこんな場所で顔を合わせるとは予想だにしていなかった。

相手も驚いたのだろう、和孝と視線が合うと微《かす》かに双眸《そうぼう》を見開いた。

「久……」

反射的に名前を呼びかけて、慌てて口を閉じる。誰がいるか知れない場所で、不用意に懇意であることを示さないほうがいいという判断からだった。

久遠はすぐに和孝から視線を外すと、まっすぐ社長へと歩み寄っていった。

よもや久遠が招待されていたとは知らず、仕事をしながらつい意識がそちらへ向かう。そもそも渦中の真っただ中にいるやくざを華やかな場に招待するなど、和孝からすれば無謀としか思えない。

救いは、久遠の正体を知る人間がこの場にはいなそうなことだ。週刊誌の類《たぐい》を読んでないか、読んでいてもまさかこの場にやくざがいるなんて微塵《みじん》も考えていないのだろう。なにを話しているのか、久遠と社長は壁際に移動する。表情から察するに重い話ではなさそうだが、周囲の視線を集めていた。

久遠はそれでなくとも目立つ存在だし、今日のホストである社長とふたりで話をしているとなれば、誰しも気になるのは当然だ。

ふと、社長がこちらを向いた。

「柚木くん」

手を上げて呼ばれ、動揺を押し隠してふたりに近づく。社長は屈託ない様子で、久遠の飲み物を持ってくるよう求めてきた。

「はい」

和孝が身を返したとき、久遠自身に呼び止められる。

「不要です。すぐに帰りますので」

どうやら初めから挨拶だけの予定だったのか、飲み物を断られ、和孝は視線で久遠を窺った。

「一杯くらいいいのに——といっても、忙しいところ来てくれたんだ。引き留めたら申し訳ないな。彼によろしく伝えておいてくれ」

社長がそう言い、久遠は黙礼すると言葉どおりすぐに会場を出ていった。

どういう知り合いなのか聞きたい衝動に駆られたが、和孝は給仕の仕事に戻ろうと社長から離れる。

数歩いたところで、しまったと社長が声を上げた。

「彼に渡すものがあったんだ」

それを聞いて、和孝はすぐさま引き返す。

「よろしければ私が追いかけましょうか」

まだ間に合うかもしれない、と思ったのは事実だが、それ以上に久遠と話がしたいという不純な動機もあった。

「申し訳ないね」

社長は胸ポケットから出した封筒を和孝に差し出した。受け取った和孝は、トレンチを置くとその足でパーティ会場を出て久遠を追いかけた。

もう帰ってしまっただろうか。エレベーターで階下に向かう間も気が急《せ》く。予想外に会えたので、少しばかり昂揚しているようだ。

扉が開き、エレベーターを飛び出すや否や外へ駆けた。右か左か、車を探していると、

「和孝」

背後から呼ばれる。

先に帰ったはずの久遠はまだビル内にいた。もしかしたら和孝が追ってくるのを待って

いたのかもしれない。

　引き返した和孝は、エントランスの隅に設えてある灰皿の前で久遠と向き合う。階段の向こうにはスーツの背中が見える。久遠に同伴してきた組員だろう。

「どうしてここに？」

　問いかけとともに煙草《たばこ》を銜《くわ》えた久遠を前にして、前回顔を合わせてから一ヵ月半もの月日がたっていることを実感する。久しぶりだと思うのは当然だった。

「――それは、こっちの台詞《せりふ》だよ」

　マルボロの匂《にお》いを嗅《か》ぎ、頭から足まで久遠の姿を確認してから和孝はようやく言葉を発した。それだけほっとしたのだ。

「なんで久遠さんが来てるんだよ。社長と知り合い？」

　たとえ親しい仲であろうと、おめでたい席にいまの久遠の立場はふさわしくない。

「いや。俺は三代目の代理だ。個人的に親しいらしい」

　だとしてもやはり呼ばないほうがいい――と思ったのが顔に出たらしい、久遠が肩をすくめた。

「あの社長はよくも悪くも大らかなんだ」

　そう言って灰皿で煙草を弾くと、視線を和孝に戻す。

「で？　おまえは？」

久遠からすれば、和孝がこの場にいることが意外なようだ。本来なら、和孝は診療所で冴島と食後の話をしている時間だった。

「俺も同じ。宮原さんの代理で来た。SECの社長、顔が広いんだね。宮原さんとも親交があるみたいだし」

煙草を吸う唇をチェックする。少し疲れているようで、下唇がかさついている。舐《な》めて潤したいという気持ちが込み上げ、慌てて振り払った。いくらなんでもこんな場所ではどうしようもない。

「そんな目で見るんじゃない」

久遠の言葉で、唇から視線を上げる。考えていたことを知られたような気がして恥ずかしくなった和孝は、わざとそっけない態度に出た。

「――なんだよ、そんな目って」

自覚があるだけに、内心動揺する。

「あ、そうだ。これを渡すように頼まれたんだ」

ごまかすために平静を装い預かった封筒を差し出したものの、久遠はすぐには受け取らなかった。

煙草を挟んだ手で眉間《みけん》を押さえ、なにか思案でもしているかのそぶりを見せたあと灰皿で火を消す。そして、エレベーターに歩み寄りボタンを押したかと思うと、同じ手で封筒を持っている和孝の腕を摑《つか》んできた。

ぐいと引っ張られた和孝は、なにがどうなったのか把握する間もなく開いた扉からエレベーター内に連れ込まれた。

「久――」

唇を塞《ふさ》がれると同時に、腰に腕が回る。いきなりの展開にわけがわからず、無防備に抱き寄せられるままになる。

けれど、驚いたのは一瞬だ。久しぶりの口づけはあっという間に和孝を昂《たかぶ》らせた。表で待機している組員の存在もすぐに意識から消える。

「……ん」

唇を舌で抉《こ》じ開《あ》けられ、上顎《おおあご》を舐《ねぶ》られて、憶えのある熱が背筋を這《は》い上《あ》がる。マルボロの味のするキスに、他愛なく溺れてしまう。

貪《むさぼ》るように激しく口づけられれば、ここがどこであるかも忘れて和孝も両手を久遠の背中に回して夢中で身体《からだ》を押しつけた。

「ふ……ぅん」

頭の隅では、この後仕事があるから駄目だとわかっているのに、本能の部分で自制できない。一ヵ月半も会えずにいたのだから当たり前だと、開き直る気持ちもある。

息が上がり、膝《ひざ》が震えだす。

和孝の口中を好きにしたあと、久遠の唇は頰を伝って耳朶《みみたぶ》に移った。我慢していた声が、耳朶を食《は》まれたときに小さくこぼれる。

明らかに濡れた声だった。

唐突に身体が放される。潤んだ瞳で責めると、久遠が背中を向けた。

「仕事中だったな」

床に落としてしまった封筒を拾い上げると、言い訳にもならない一言を残して久遠は開ボタンを押す。エレベーターに和孝を残し、振り向かずに去っていった。

始まりも終わりもあまりに唐突で啞然《あぜん》とする。

「な……にが仕事中だったな、だよ」

昂奮のおさまらない身体を持て余して、壁に背中を預けたまま和孝は悪態をついた。頭を切り換えて身体を鎮めるには、数分必要だった。

五階に着くと、会場に戻る前にスタッフ用のトイレに寄って顔を洗った。そのときには中途半端に放り出されたことに対する不満は消え、熱い吐息と少し掠《かす》れた声のみが耳に残っていた。

久遠も会いたいと思っていてくれたのでは――そんな想像をすれば、今度は頰が緩む。結果的に、久遠の唇を潤したいという和孝の望みは叶《かな》ったのだ。

「――肝心のことはなんにも聞けなかったけど」

　だが、甘い気持ちに浸っていられたのは一瞬だ。跡目騒動のことを思い出すと、自然に顔が強張《こわば》る。斉藤《さいとう》組に銃弾が撃ち込まれたという件は、果たしてどうなったのか。気になって仕方がなかったものの、鏡の中の自分を睨みつけ、髪と蝶ネクタイを整える間にあらゆる感情をいったん消し去った。

　いまは仕事に集中するときだ。無理やりスイッチを切り換え、会場に足を踏み入れると同時に仕事モードに戻った。

　パーティの報告と預かった封筒を渡すために本家を訪れた久遠は、帰りがけに植草《うえくさ》と玄関で鉢合わせした。

　細身で、頬がこけているせいか、年齢は久遠と十しかちがわないはずなのに五十過ぎでも通る風貌《ふうぼう》だ。吊り上がった一重の目は、まるで獲物でも探す蛇のごとく冷淡だ。

　互いに連れていた斉藤組と木島《きじま》組、双方の組員に緊張が走る。同じ組織に属する組であっても、現在は四代目の座を争う者同士なので、不穏な雰囲気になるのは避けられない。

　植草は昔気質《むかしかたぎ》の極道だ。昨今、大卒のやくざばかりが入ってくること自体、気に入らないと公言している。そいつらのせいで組織全体の気質が軟弱になる、と。

久遠をよく思っていないという話も幾度となく耳にした。

「なんだ。三代目のご機嫌取りか？」

植草が投げかけてきた一言に、木島の組員が顔をしかめる。久遠より立場が上の植草に反論できないぶん、先方の組員を睨みつけることで反意を示す。

久遠自身は、海千山千の幹部連中の挑発には慣れているため、この程度ではなにも感じない。仲間意識が希薄な代わりに、反感や敵愾心《てきがいしん》も皆無に等しいのだ。

久遠にとって重要なのは、木島組と不動清和会の未来だけだ。

「預かり物を届けに来ました」

久遠の返答に、植草は胡散臭《うさんくさ》いとでも言いたげに鼻に皺を寄せた。

前髪の一部が白髪《しらが》になっているため、角のようだとか鬼に見えるとか陰口を叩《たた》かれているらしいが、久遠は植草を疎《うと》んじてはいなかった。少なくとも三島《みしま》よりはよほどわかりやすく、扱いもさほど難しい男ではない。地雷さえ踏まなければ、案外つき合いやすい男だと思っている。

「先に車に戻ってろ」

久遠の言葉に、同行させた若頭補佐の有坂《ありさか》が戸惑いを見せる。が、硬い表情で一礼して玄関から外へと出ていった。

久遠がひとり残ったことで、植草は気をよくしたらしい。なおもその場に留まり、背後に控える自分の部下に一度視線を投げかけてから話しかけてくる。

「おまえ、最近よく本家に顔出してるって話じゃねえか。三代目に取り入って、跡目候補に名が挙がったって?」

どんな手を使ったんだと言外に匂わされたが、久遠は気づかなかったふりをした。

「近頃じゃ三島にも近づいてるみたいだし——ああ、そういや、俺んところに銃弾が撃ち込まれた話、聞いてるだろう? あれ、おまえの差し金じゃないかって言ってくる奴がいてな」

どういう返答を期待して植草が問うてくるのか知らない。自分は無関係だと言ったところでどうせ信じるはずがないのだ。

「そんなことをして、俺になんの得がありますか?」

痛くもない腹を探られるのは不愉快だったが、おくびにも出さずに植草の双眸を受け止めた。

実際、一部の人間がまことしやかに噂を流しているのは久遠も承知していた。植草側の者というより、今回の騒動には縁のない組から出ているようだ。

植草にしても、無駄な内紛を起こしたくないだろう。植草が敵対視しているのは、久遠より立場の近い三島だった。

植草が無言の圧力をかけてくる間、久遠は黙っていた。ややあって、植草は苛立《いらだ》った様子で首をぐるりと回した。

「まあ、得はねえかもな。どっちかと言えば、三島がおまえと俺を争わせようと仕組んだっていうほうがよっぽど納得できるわな」

その可能性は——ある。

久遠には写真、植草には銃弾を送り、一触即発の状態にさせておいて自分は素知らぬ顔で欲しいものを手に入れる。三島ならやりかねない。

久遠は瞬時に頭を巡らせ、結論を出した。

不動清和会にとって、木島組にとって重要なのはどちらか。

「私も、最近耳にしました」

久遠の前置きに、植草の目が興味深げに細められる。

「三島さんからあるものを渡されたんですが」

背後にいる植草の部下に聞こえないよう故意に声をひそめたので、植草はわずかにこちらに顔を寄せてきた。

「写真です」

「写真？」

「ええ」

植草が怪訝そうに眉をひそめる。

久遠はさらに声をひそめて告げた。

「あなたと、山野正二《やまのしょういち》」

目の前のこめかみがぴくりと引《ひ》き攣《つ》った。それを確認してから、久遠は先を続けた。

「ふたりが親しげに並んで写っている写真です。親交があったとは知りませんでした。じつは、俺も山野さんとは浅からぬ縁があるんです」

植草の額に血管が浮き出る。見る間に表情が険しくなっていった。

「――なにが言いたい」

明らかになにかあるとわかる態度を目にして、なにもと久遠は流した。

「奇遇だと思っただけです」

だが、植草は簡単に退《ひ》けない事情があるらしい。怒りを滲《にじ》ませた双眸で久遠を威嚇してくる。

「奇遇だと？　笑わせるな。てめえ、俺を脅《おど》そうっていうんじゃねえだろうな。昔のことだし、そんな写真がなんになるっていうんだ」

「――――」

植草の額やこめかみは赤く染まっている。よほど蒸し返されたくない過去のようだ。久遠に対する疑心が、顔じゅうに表れている。

「いまさら俺に復讐《ふくしゅう》でもしようって？　言っとくが、俺はおまえの親の死に関しちゃなにも知らない。土地の売買は全部山野に任せていた。だいたい、いま頃持ち出してきて、なんのつもりだ。こんなことで俺を陥《おとし》れようってか？　それとも戦争吹っかけてみるか？　どっちにしてもおまえの得にはなんねえぞ」

口早に捲《まく》し立《た》てた植草を、久遠は黙って見据える。人間はごまかしたいときに限って饒舌《じょうぜつ》になるというのは事実だなと思いながら。

もうひとつ。植草が久遠を警戒しているのは学歴のせいばかりではなかったようだ。少なからず後ろめたいことがあるから、用心しているのだろう。

久遠自身がすでに捨てた私情を、植草はずっと持っているのだ。

「三代目は無駄な争いを嫌う。いまの時期は、なおさら混乱を起こせば許されない。やるなら俺も全力でいくぞ。自分の組を潰されるのが厭《いや》なら、妙な真似はしないことだ」

凄《すご》みをきかせた植草の眼光を受け止める。背後に控える斉藤組の組員たちは、話の内容はわからなくても不穏な空気は感じ取ったのだろう、瞬時に顔色を一変させる。目が合うとあからさまに動揺を見せた組員からふたたび植草に視線を戻すと、久遠はふっと唇を解いた。

「妙な真似と言われても、こっちは知らなかった話をいきなりされて面食らっているくらいです」

よくも悪くも植草は感情的になりやすい。情が濃いからこそついていく者も多いが、半面、失態も多く疎んじる者がいるのも事実だ。

久遠自身の好みだけでいえば、三島より植草のほうがやくざとして惹《ひ》かれる部分はある。しかし、三島が画策しようとすまいと、植草が過去になにをしていようと、どちらが四代目の器にふさわしいかとなれば答えは明白だった。久遠は、初めから四代目には三島を推す考えだった。

植草はまだ扱いやすい。だが、三島を排除しようとすれば、確実に面倒が起きる。いま三島の乗る神輿《みこし》を担《かつ》いでおくことが、後々のためになると久遠は判断していた。

ようするに、植草と三島、ふたりを天秤《てんびん》にかけて植草を捨てたのだ。

「聞かなかったことにしますよ」

久遠の返答に、植草はぎりっと音がするほど歯噛《はが》みをする。構わず久遠は踵《きびす》を返すと、上《あ》がり框《かまち》を下りて靴に足を入れた。

「お先に失礼します」

背後に一声かけて、玄関の引き戸を開ける。前庭の中央に伸びる石畳を歩いていき、門をくぐって外へ出た。

空には夕闇《ゆうやみ》が広がっていた。腕時計で時刻を確認すると、ちょうど六時になったばかりだ。今日はやけに風があたたかく、春の訪れを実感する。

三代目が引退を表明したのは冬になる前だった。三代目の退陣準備と後継問題に追われて、あっという間に数ヵ月がたった。

久しぶりに見上げた月には靄《もや》がかかっている。BMを訪れなくなったせいで、夜空を見上げる機会も減った。

路肩に停めた車の後部座席のドアを水元《みずもと》が開ける。久遠が後部座席に身を入れると、助手席に乗ってきた有坂が硬い声を発した。

「植草さん、いちゃもんつけてきたんじゃないですか」

短髪で厳つい有坂は、どちらかといえば植草と同じタイプの極道だが、ふたりの間には決定的なちがいがある。植草は権力を欲するが、有坂は縁の下の力持ちでありたいと思っている点だ。

ハンドルを握る水元も心配なのか、くそっと小さく毒づいた。

「うちが斉藤組をやったって、信じてんじゃないっすかね」

後部座席で久遠は、大丈夫だとふたりを窘《たしな》めた。

「いま事を起こすほどあのひとも考えなしじゃない」

ふと、植草が久遠を認識したのは果たしていつだったのだろうと考える。三代目の楯《たて》になって被弾したときより前は、名前どころか存在も知らなかったはずだ。まだ木島組は小さな組織だったたし、大半の者がそのとき初めて久遠の名前を耳にしたにちがいない。

自分が過去に関《かか》わった男と久遠との関係を把握したのはどの時点だったのか。植草の口ぶりでは、なにもかも承知しているかのようだった。

「でも、だったらなおさら、もし植草さんが四代目に決まったらうちは——まずくないですか」

水元の不安げな言葉を、即座に有坂は打ち消す。

「馬鹿《ばか》なことを言うな。たとえそうなったとしても、木島組をどうにかできるはずがない。うちは、不動清和会の金庫番みたいなもんだ」

そうですよね、と助手席から同意を求めて振り返った有坂へ、目を向けた。

「なってもいないのに、先を案じていてもしょうがない」

ふたりが同時に「はい」と答える。

車中で、ふたたび久遠は当時のことに思いを馳《は》せた。過去に浸る趣味はないものの、写真を目にしたせいか、意識がそちらに向かう。

やくざになると決めたとき、久遠の中にあったのは真相を知りたいと、それだけだった。現在の自分の立場を想像もしていなかった。

組が大きくなるにつれ、責任も重くなっていく過程で私情を捨てた。三島に写真を見せられたとき、改めてその事実を実感した。もうすべて過去の出来事なのだ、と。

事務所のガレージに車が到着すると、水元の開けたドアから車外へ出る。ビルの正面玄関から中へ入った久遠を出迎えるために、事務所から組員たちがこぞって姿を現した。

「お疲れ様です」

「おかえりなさい」

一斉に声を上げる組員に視線で応え、エレベーターに向かう。すでに扉を開けて待っていた組員の黙礼を受け、中へ足を踏み入れた。

三階に上がると、上総《かずさ》が待ち構えていた。

「おかえりなさい」

気の回る性分の上総は、若頭という立場でありながら若い組員の面倒を一手に引き受けている。跡目候補に久遠の名前が挙がってからは、もともと厳しかった躾《しつ》けに拍車がかかったと聞く。

上総にしてみれば、大事な時期に下手な騒ぎはごめんだと考えてのことだろう。やくざになろうかという人間は、大なり小なり血気盛んな人間ばかりだ。

「上総」

オフィスに入ってから、肩越しに視線を投げかける。

「悪いな。今回は、おまえの望みを叶えられそうにない」

いま「天辺《てっぺん》」を取ったところで、三島も植草もいる。不動清和会のためにも木島組のためにも、四代目には三島がふさわしい。現時点で二万人を統率できるのは、三島ひとりだ。

上総が、微かに口許を綻《ほころ》ばせた。

「次回の愉しみができました」

あっさり退く上総に、同じ考えだったかと久遠はスーツの肩をすくめた。

「三島さんに連絡をつけてくれ。できるだけ早く会いたい」

久遠の命を受け、上総がいったん部屋の外へ消える。五分ほどで戻ってきた上総の報告は、満足できるものだった。

「これからすぐで大丈夫だそうです。案外、暇なんですかね」

めずらしく嫌みを口にした上総に苦笑し、休む間もなく久遠は部屋をあとにする。上総とともにエレベーターに乗ってふたたび階下に向かい、開いた扉から先に降りた。

直後だった。

地響きがして、足許が揺れる。上総と顔を見合わせた瞬間、爆発音が轟《とどろ》いた。

あっという間に煙が上がり、視界を遮られる。

「なんだ！　なにが起こった！」

「どうなってんだっ」

怒号を上げつつ事務所を飛び出してきた組員の足を一喝して押し留めると、なんとか体勢を保った久遠は、正面玄関から火が上がっているのを目視する。

「落ち着け。玄関に近づくな」

組員にはそう命じて、上総の姿を探した。

「上総」

視界はほぼゼロだ。一メートル先がはっきりしない。

「上総」

もう一度呼んだとき、煙の中から人影が現れた。上総だった。

「あなたは部屋に戻ってください。どうやら玄関を爆破されたようです。私は、状況を確かめます！」

騒然とする中、口許に手を当て咳《せ》き込《こ》みながら上総が声を上げる。

「待て」

その場を離れようとした上総を制した、ちょうどそのときだ。

上総の背後から、またゆらりと人影が現れる。三人だ。はっとすると同時に、ボスッと鈍い音が続けざまに耳に届いた。

反射的に上総の腕を引き倒し、久遠自身も床に身体を伏せる。

「親父《おやじ》！　頭《かしら》！」

組員たちが玄関へ雪崩《なだ》れ込《こ》む間も、続けざまに銃弾が撃ち込まれた。

煙の向こうから、怒号とともに激しく揉《も》み合《あ》う様子が伝わってくる。組員が銃撃犯に飛びかかったのだろう、ぎゃあと悲鳴も混じる。

「無事か？」

中腰になった上総に問うと、はいと明瞭《めいりょう》な答えが返ってきた。

「怪我《けが》はありま——」

上総の声が、そこで途切れた。

理由は久遠自身がわかっていた。熱の走る左胸に手をやると、ぬるりとした感触に眉をひそめる。

「——嘘《うそ》だ」

普段は冷徹にも見える上総の顔が瞬時に青褪《あおざ》め、歪む。伸ばされた手を断るつもりだったが、自分で思う以上にダメージを受けているらしく、ふらりと身体が傾《かし》いだ。

「私を庇《かば》ったりしたから——」

久遠を支えた上総が、怪我を確認する。いっそう険しい表情になると、すぐに自分の上着を脱いで傷口に押し当てた。

「大丈夫です。傷は……浅いですから」

上総の喉《のど》が音を立てた。

「ああ、大丈夫だ」

頷いた久遠は、痛み以上に濡れて張りついたシャツの感触に顔をしかめた。上総ととも

にエレベーターで上階に向かいながら、平静を保つためになんとか思考を巡らせ、一から現状について考えていく。

何者かによって正面玄関に爆発物が投げこまれた。タイミング的に久遠の帰宅を待っていたとも考えられる。

あの煙幕から推察すると、発煙弾だったのかもしれない。爆破被害に反して、煙の量が多かった。銃撃が目的だったのだから、それも当然だ。

「組員に怪我はないか？」

久遠の問いかけに、上総が小さく首を左右に振った。

「――いまはまだわかりません。でも、なにより優先すべきはあなたです。あなたの代わりはいないんですから。それなのに……なぜ私を……」

額にびっしょり汗を掻《か》き、悔しげに声を詰まらせる上総に、すまなかったと心中で告げる。上総の非難はもっともだ。

いま久遠が倒れるわけにはいかない。自分の身に万一のことがあれば、木島組は総崩れになる。

上総に身体を支えられた久遠は、息苦しさから大きく胸を喘《あえ》がせた。被弾した場所が脈を刻むように疼《うず》いていた。

「しっかりしてください」

上総の声が、ドア一枚隔てた場所から聞こえてくるようだ。

「上総」

自分の声も同じだった。

「和孝には、連絡するな」

短い呼吸をくり返す久遠の脳裏を、泣き顔がよぎる。

また泣かせてしまうと思えば、なんとも言えず罪悪感に駆られた。

以前、刺されたときにも泣き顔を見た。悲しさもつらさも怒りで表すことの多い和孝が涙をこぼすのは、どうしても堪えられないときだけだ。

「……しかし」

上総が迷い、答え淀《よど》む。どうせわかってしまうと言いたいようだ。

だが、すぐに承諾が返ってきた。

「それなら、あなたから連絡してください」

もとよりそのつもりだった。人伝《ひとづ》てに聞いても、和孝は会わせろと言い張るに決まっている。ごまかしがきかないという意味では他の誰より手強い。

「下の様子を見てきてくれ」

よほど久遠の指示が納得できなかったのだろう。上総が双眸に非難を滲ませる。構わず久遠は命令を下した。

「ひとりは生かしておかないと、尋問ができない」

急げと視線で促す。息を呑んだ上総の顔が強張った。久遠よりよほど痛そうな表情で唇を噛んだかと思うと、久遠をその場に残し引き返した。

「すぐ戻ってきます」

ひとりになった久遠は内ポケットから煙草を取り出し、唇にのせる。火を近づけたがなかなかうまくいかず、何度目かでやっとついた。

壁に背中を預けて煙草を吸う久遠の脳裏に、また泣き顔が浮かぶ。自分を責める声まで聞こえてきたような気がしてきて、苦笑せずにはいられなかった。

すまないと、煙を吐きだした久遠は脳裏の泣き顔に謝った。

4

「どうかしたか？」

隣からかけられた声に、和孝《かずたか》は鍋《なべ》から視線を上げた。

「なにか気になることでもあるのか？」

横目を流されて、かぶりを振った。

「いえ……なんでも」

夕食の支度の真っ最中だ。冴島《さえじま》が野菜炒《やさいいた》めを担当して、蜆《しじみ》の味噌汁《みそしる》を作るのが和孝の役目だった。メインは、昨夜《ゆうべ》たくさん作った太刀魚《たちうお》のから揚げだ。

「手が止まっていたが」

野菜炒めを皿に盛りながらも、冴島は和孝を見ていたらしい。冴島が聡《さと》いのはいまに始まったことではなかった。

「本当になんでもないんです」

ばつの悪さに和孝は笑みを作る。

「ただ――変な感じがして」

胸騒ぎとでも言えばいいのか。味噌汁をお玉で掻《か》き混《ま》ぜていたとき、急に胸の奥に小波《さざなみ》が起こった。

理由はわからない。日々久遠《くどう》の身を案じている和孝にとって、不安感は常にあるが、今日のこれは自分でも説明しがたいものだった。しかも、昨夜は臨時の仕事中に期せずして久遠と会い、無事な姿を確認して安心したはずだ。

馬鹿馬鹿《ばかばか》しい、と首を振る。胸騒ぎとか虫の知らせとか、いちいち気にしていたら身が保《も》たない。

「できました」

沸騰する前に火を止め、味見をするために小皿にできたばかりの味噌汁を入れる。冴島に差し出すと、一口飲んだ冴島が納得した様子で顎《あご》を引いた。

「ようやくまともな味噌汁が作れるようになったな」

褒《ほ》めてくれた冴島には、

「雨でも降るんじゃないですか」

わざと目を見開いて驚いてみせた。

卓袱台《ちゃぶだい》に野菜炒めと味噌汁、太刀魚のから揚げ、白飯を盛った茶碗《ちゃわん》を並べると向かい合って座る。

「いただきます」

手を合わせたあと、早速味噌汁から手をつけた和孝に、野菜炒めを口に入れた冴島が話しかけてきた。

「で？　昨夜の仕事はどうだった？」

冴島の問いに、頬《ほお》を緩める。BM《ビーエム》が休業に入っている現在、和孝にとって昨夜は久々に緊張感のある仕事だった。

「滞りなく終わりました。招待客はみなさん愉《たの》しまれていたようでしたし、なんの問題もなかったです」

そうか、と冴島が頷《うなず》いた。

「生き生きした顔で仕事の話ができるっていうのは、いいことだ」

冴島に言われて、咄嗟《とっさ》に頬に手をやる。自分がどんな顔をしているかわからなかったが、もしいつもとちがうというなら、もちろんもうひとつの理由もある。

「じつは、偶然久遠さんに会ったんです」

「ほう」

さしもの冴島も驚いたようで、目を瞬《またた》かせる。漬物を口に放り込むと、意味深長な視線を投げかけてきた。

「すごいもんだな。たまに出かけた仕事先で待ち人に会う、か」

「……あ、まあ」

確かに久遠と会った偶然はすごいことだと和孝自身思っているが、改めて「待ち人」と言われると気恥ずかしい。顔が熱くなるのを感じつつ、味噌汁の椀《わん》を持ったままで先を続けていった。

「久遠さんも代理で顔を出したみたいですぐに帰ったんですけど、元気そうでした」

元気な姿にほっとしたというのが事実だ。元気でありさえすればいい、なんて思う自分に呆《あき》れながら、本心だからしようがないとあきらめてもいる。

普通の恋人同士みたいに会いたいときに会えないのだから、きっとこの気持ちは一生変わらないのだろう。

「よかったな」

表情をやわらげた冴島に、和孝は椀に落としていた目を上げた。

「夫婦でも友人でも恋人でも、元気でいてほしいと願うのはごく普通の感覚だ。いつも傍《そば》にいるときより、離れて初めて気づくことは多いと思うぞ」

冴島の言うとおりだ。

しょっちゅう会っているときは、久遠とふたりでいる空間は息がつまりそうで疲れると感じていた和孝だったが、いざ会えなくなると、もっと素直になっていればよかったと微《かす》かな後悔が芽生える。

十七から二十四まで互いにちがう場所で生きてきたはずなのに、その七年間、どうやって過ごしてきたのかすでに思い出せないほど、和孝の人生に久遠は深く入り込んでいる。

「考えてみたら、久遠さんと出会ったことによっていまの俺があるんです」

すべては、あの夜の出会いから始まった。宮原《みやはら》と出会ってBMのマネージャーという仕事を得たのも、冴島のうちに居候《いそうろう》になったのもそうだ。

聡《さとし》に声をかけたのだって、自分が久遠に拾われた経緯《いきさつ》があったからこそだろう。おそらく、以前とはちがう気持ちで父親や義母に接することができたことにしても、無関係ではないはずだ。

「もしかしたら——あのひとと会ったことが俺の人生で一番幸運なことなのかもしれません」

以前は不運だと思っていたし、実際に口にしたこともあった。だが、いまは確信している。十七歳のとき、久遠と巡り合った自分は幸運だったのだ。

「まったくだな」

冴島は穏やかな口調で肯定してくれると、目尻《めじり》の皺《しわ》を深くした。

「何度も面倒に巻き込まれておいて、なお幸運だったと言えるんだ。あの男もきっと同じように思っているだろうさ」

そうだろうか。そうならいい。

久遠を想《おも》いながら、自分の気持ちを確認してあたたかな心地になる。

「茶を淹《い》れるか」

食事が終わると、箸《はし》を置いた冴島が腰を上げた。

湯呑《ゆの》みをふたつ用意した和孝は、特に目的があったわけではなかったが、卓袱台につく前に何気なくテレビのスイッチを入れた。

『アイドル黄金期と言われる時代に、もっともヒットした曲は――』

時計の針は七時を少し回っていて、テレビではスペシャル番組を放映していた。テレビをほとんど観ない冴島であっても、大河ドラマは愉しみにしていた。

リモコンでチャンネルを替える。バラエティ番組が映し出され、客の笑い声が居間に響き渡る。次に替えると、七時のニュースをやっていた。

米軍基地について取り上げられていて、リモコンを手にしたまま和孝は定位置に戻り、腰を下ろす。

急須《きゅうす》を手にして戻ってきた冴島が、用意しておいた湯呑みに茶を注《つ》ぎ始《はじ》めた。

ニュースは、年金問題へと移る。冴島とともに、茶を飲みつつ何度もくり返された話題を報じるキャスターを眺めた。

「この男、急に白髪《しらが》が増えたのう」

キャスターの頭髪について冴島がぼそりとこぼす。冴島自身の頭は真っ白で、先日は谷《たに》崎《ざき》を相手に髪について談義していた。

「白髪くらい誰でも生えますよ」

その際、おまえの髪質だと将来ハゲると指摘され、厭《いや》な気分を味わった。それならまだ白髪のほうがマシだと返したが、冴島はもとより、最近数本の白髪を見つけたという谷崎も納得してくれなかった。

「年齢的にまだ早い。あの調子なら、彼は四十を超えたら真っ白になるぞ」

「染めれば問題ないですし」

「いやいや、染めるっていうのは存外面倒なもんでな」

冴島と、頭髪についてまた話していたそのとき、キャスターのデスクに横から紙が差し込まれた。キャスターはすぐさま目を通すと、テレビカメラに向かって一声を発した。

『たったいま入ったニュースです』

途端に、ざわっと胸の奥が波立つ。先刻よりもはっきりとした変調を覚え、和孝は顔を強張《こわば》らせた。

馬鹿馬鹿しいと思う一方、厭な予感が拭《ぬぐ》えない。

『先日も銃撃事件があったばかりですが、また暴力団の抗争のようです』

冴島の意識もテレビに向かったのがわかった。しんと静まった居間で、冴島がリモコンのボタンを押して音量を上げた。

『不動清和会《ふどうせいわかい》直系、木島《きじま》組の事務所で爆発が起こったもようです。被害状況は現在のところ不明ですが——情報が入り次第、お伝えします』

耳の中で、きんと音がした。脳天が熱くなり、ぼうっとして思考が完全にストップする。いったいなにが起こっているのか把握できずに呆然《ぼうぜん》としたまま、すでに株価のニュースに変わったテレビを和孝はじっと見つめていた。

「坊主！」

肩を揺すられ、首を巡らせて冴島に目を向けた。

「あ……」

混乱のために頭が回らず、口を開いたもののなんと言っていいかわからず声が出せない。

「しっかりしろ。なにも情報がないうちから狼狽《うろた》えてどうする。とりあえず、電話してみるといい」

冴島にはっぱをかけられ、なんとか頷いた。

そのとおりだ。動揺している場合ではない。立ち上がった和孝は、手近に置いておいた携帯電話を手にする。

着信履歴から久遠の名前を探し当て、指で押した。

呼び出し音が耳に届く。三回、四回、五回。何度鳴らしても、久遠が出る気配はない。

どうすればいいのか一瞬考えて、次には上総《かずさ》にかけてみた。

しかし、上総も同じだった。いっこうに電話に出てくれない。

このときになって冴島もおかしいと思ったのか、目許に危惧《きぐ》を浮かべた。

「まあ、警察も行っただろうし、片づけやなんかで忙しいのかもしれん」

「……そう、ですね」

一応の同意を返した和孝だったが、とても安心はできない。疑念ばかりが膨らんでいく。久遠も上総も電話に出られない状況に陥《おちい》っているのではないかと、悪い想像が次から次に脳裏を掠《かす》める。

「事務所に行って……この目で確かめたい」

無理と承知で、自分の望みを口にした。いま和孝が木島組に押しかけていっていいかどうかなど、思案するまでもない。

「そうだな。もう少し待てば、連絡があるだろうよ」

冴島の慰めもいまは役には立たず、携帯電話を握り締めた和孝はなにをすることもできずにただじっとそこに留まる。

『続報が入りました』

テレビからの声に、びくりと肩が跳ねた。息を殺して画面を凝視したのは、和孝ひとりではなかった。

『数名の負傷者が出たようです。まだ正確な人数は把握できていませんが、組長である久遠彰允《あきまさ》が意識不明の重体とのことです。なお、犯人は逃走したもようです』

一瞬、目の前が真っ暗になった。視界がぐにゃりと歪《ゆが》み、乗り物酔いのような吐き気を覚えて口を押さえる。

たったいま耳に入ってきたことがなかなか脳には届いてくれず、どういうことだと懸命に考えようとするが、うまくはいかない。

「……意識、不明……」

自分で声に出してみたところで同じだ。

『今回の跡目騒動に端を発しているんでしょうか。先日も、斉藤《さいとう》組に銃弾が撃ち込まれたばかりですが』

キャスターの声が遠くに感じられる。頭から足許へと一気に血が下がっていき、座っていることも困難になる。

大きく胸を喘《あえ》がせた和孝は、とうとう両手を畳についた。

「しっかりしろ！」

冴島が和孝の肩に手を置く。励ますように背中を擦《さす》られると、久遠から離れた場所にいる自分を実感して、恐怖心に囚《とら》われる。

電話に出なかったのは、出られなかったからだ。血に濡《ぬ》れた久遠の姿が瞼《まぶた》の裏に映し出され、堪《こら》えきれずに自分の手の中に食べたものを吐いた。

すぐさま冴島がボウルを持ってきてくれ、さらにそこに戻す。

「……すみま……」

濡れたタオルで口許を拭いながら謝罪したが、うまく言葉を発することができない。頬も唇も他人のものみたいに感じられる。

「落ち着いたら、表に出ようか。木島組の者なら、なにか知っているかもしれん」

背中を撫《な》でてくれつつ冴島が言う。身体《からだ》をふたつに折った和孝の頭に、沢木《さわき》の顔が浮かんだ。

そうだ。沢木ならなにか知っているかもしれない。真偽もはっきりしないうちにこんなことでみっともなく動揺するだけなら、なんのために自分がいるのか――腹を括《くく》ったことが無意味になる。

何度も深呼吸をした和孝は、身を起こした。

「すみません。もう、大丈夫です」

冴島に頷いてみせ、洗面所で口と手を洗ってから冴島とともに外へ出た。

路地を抜けたいつもの場所に沢木の車が停《と》まっている。逆側には別の車も確認できた。なにを聞かされても大丈夫――そう自分に言い聞かせ、和孝は沢木の車に近づいていった。

和孝が声をかける前に、運転席のドアが開いて沢木が降りてくる。まるで水でもかけられたかのごとく、沢木の顔には大量の汗が浮いている。これまで見たことがないほど、顔色も悪い。

明らかに異変があったとわかる沢木の様子に、和孝は逃げ出したくなる気持ちを必死で抑え込んだ。

「ニュースを見たんじゃが」

冴島が口火を切る。

沢木の分厚い肩が大きく上下した。

「俺も——なにも知りません。さっき、頭《かしら》から通常どおりと連絡があっただけで」

「え」

和孝は、ふらりと沢木に歩み寄った。

「上総さんから、連絡があったんだ？　いつ？　なんて言ってた？」

胸倉に摑《つか》みかからんばかりの勢いで問うと、沢木の目線が地面に落ちる。顔じゅうに皺を寄せて舌打ちをすると、強くかぶりを振った。

「二十分ほど前に電話がかかってきて……通常どおりの仕事をこなせと、それだけだ。なにがあったのか聞き返そうにも、すぐに切られた」

なにがあったのか、いまは沢木もわかっているのだろう。ラジオ、携帯電話。車の中にいても知る手段はある。

「じっとしていられなくて事務所に詰めている奴に電話をかけてみたら……親父《おやじ》が撃たれ

たって……そいつも混乱してて、わけわかんねえし。けど、俺は信じねえ。親父が……撃たれたなんてっ」

沢木が唇に歯を立てる。

上総から連絡があった事実を得ただけで、状況は少しもはっきりしない。まさか、久遠は本当に撃たれて、重体なのか。

血の気が引いていき、和孝は息を継ぐのですら難しくなる。しゃんとしなければと頭では理解していても、どうやって正気を保てばいいのかわからない。

「信じねえ……だから、俺は命じられた仕事をする」

のろのろとした動作で、沢木が運転席に戻ろうとする。

「おい」

そこへ、背後から冴島が声をかけてきた。隣にいたはずの冴島は、気づかないうちに一度うちへ戻ったらしい。その手にはメモがあった。

「行ったところで無駄足になるかもしれんが――ツテを頼って調べてもらった。樟陽《しょうよう》病院に運び込まれたらしい」

冴島の情報に、沢木が呻《うめ》いた。どうすべきか、迷っているようだ。

メモを受け取った和孝は、沢木の腕を握り締める。

「行こう」

ここで待っているよりはましと促したが、沢木は首を振る。

「俺は自分の仕事をしなきゃならない。ここを離れるわけには——」

「だからついてこいって言ってるんだっ」

激情に任せて沢木の言葉をさえぎり、和孝は嚙《か》みついた。

「沢木くんの仕事は、俺の傍にいることだろう。俺は病院に行く。ここでじっといつかかるかわからない連絡を待ってるだけなんて、厭なんだよ。俺は……自分の目で確かめたいんだっ」

じっとしていると頭がおかしくなりそうだ。たとえ無駄足になろうと、少しでも情報を得られる可能性があるならどこへだって行く。

「けど……おまえに首を突っ込ませたくないから、俺は待機を命じられたんだと思う」

沢木は、絞り出すような声で答える。額の汗は、いまや頰を伝ってシャツの襟元を濡らしていた。

「そんなの、わかってる」

沢木と自分。どちらが正しいかなんて、思案するまでもない。そのうえで、和孝の決意は変わらなかった。

「あのひとが窮地に陥っているときに、待つことしかできない人間なら——俺は、自分を恨む」

喉《のど》がひくりと鳴る。

本心からの言葉だった。できる限りおとなしくして、面倒をかけないのが自分の役割だと百も承知しているが、一方で、何度も窮地を救ってもらったからこそわかることもある。和孝は、自分を懸命に救おうとしてくれた久遠の心情が素直に嬉《うれ》しかった。だから、久遠の身になにかあったというなら、静観なんてしていたくないのだ。

唇をぎゅっと引き結んだ沢木が、眉間《みけん》の皺を解《と》いた。

「おまえの言うとおりだ」

乗れ、という沢木の言葉に、冴島に礼を告げると和孝は急いで助手席におさまる。運転席につくや否《いな》や、沢木はアクセルを踏んだ。

樟陽病院まで、急げば二十分ほどで着くだろう。車中の重苦しい空気の中、ふたりともひたすら前方を見据えていた。

おそらく和孝がそうであるように、沢木も一心に久遠の無事を祈り続けているにちがいない。

樟陽病院の駐車場に車を乗り入れたのは、二十時を少し過ぎた頃だ。

面会は二十時までなので、停まっている車は半分ほどで、病院の玄関からは見舞い客が数人帰っていくところだった。

彼らとは逆に病院内へ入っていった和孝は、案内表示に従って外科病棟へと向かう。エレベーターに乗り、外科系集中治療室――SICUのある四階まで上がった。

エレベーターを降りてすぐに、廊下を歩いていた看護師に止められる。

「この階は、先生の許可がないと入れません」

開口一番、事務的に告げてきた看護師に、和孝は頷いた。

「わかってます。今日、こちらで身内が手術をしたと聞いたので、ここに来ればなにかわかるんじゃないかと思って――」

まだ年若い看護師だが、和孝の申し出には静かに首を左右に振った。

「申し訳ありません。なにもお教えすることはできないんです」

返答は同じだ。内心では焦《じ》れつつも、極力顔には出さないように努め、なおも食い下がった。

「できねえって、なんだよ。こっちは身内だって言ってんだろ」

痺《しび》れを切らした沢木が前に出る。凄《すご》まれた看護師はあからさまに怯《ひる》み、ひとを呼ぶかどうか迷う様子でナースステーションにいる他の看護師を振り返った。

異変を感じ取ったらしい、年配の看護師が寄ってくる。

騒ぎを起こす気はないので、沢木を制して和孝は年配の看護師に目礼した。

「すみません。身内が意識不明だと聞いて飛んで来ました。このままじゃ心配で帰れません」

彼女はこういう場面に慣れているのだろう、やわらかな笑みを浮かべる。

「残念ですけど、ＳＩＣＵにお見舞い客は入れないんです」

わかってます、と頷いた和孝だが、せめてどんな状態なのか、それだけでも聞きたくて頼み込む。が、答えは同じだ。

「だから身内だって言ってんだろ」

若い看護師を怯ませた沢木の一喝にも、彼女は動じない。

「とにかく、もう面会時間は過ぎてますし、明日またいらしてください」

断固とした態度の看護師に、どうすることもできなかった。どれほど粘ろうと、彼女から情報を聞き出すのは難しいだろう。

引き下がる以外なく、沢木とともに病院をあとにする。次に、車で木島組の事務所の傍まで行ってみたが、まだ警官がいて近寄ることもできなかった。

「頭からの電話のあと、他の奴らに連絡とってみたんだが――みな混乱してて、なにが本当だかわからねえ。親父は軽傷だったたって言う奴もいれば、泣いてる奴もいて……」

沢木が息をつく。

和孝が抱いている苛立《いらだ》ちや焦燥、不安は、そのまま沢木のものでもあった。

車中でまた久遠の携帯電話を鳴らしてみる。けれど、出てくれない。上総にかけてみても、結果は同じだった。

無力感に襲われつつ、診療所に戻る。外にいると言い張る沢木を説得して一緒に中へ入っていったとき、冴島は電話中だった。

「ああ、すまなかった」

受話器を置いて和孝を見ると、すぐに表情で察したようだ。

「追い返されたか」

めずらしく浮かない表情で白髪頭を掻きつつ、台所で湯を沸かし始めた。

「こっちもあちこち電話をかけてみたが、どれも空振りだった。収穫はなしだ」

冴島の言葉に、悪い可能性ばかり浮かんでくる。意識不明というのは事実ではないのか。こうしている間にも、久遠は――。

恐怖でがちがちと歯が鳴る。

久遠にもしものことがあったとき――自分がどうなってしまうのか。想像するのも怖かった。

「……大丈夫だ」

正座した沢木が、ぐっとこぶしを握り締める。だが、それすら和孝には強がりに聞こえてしまい、同意を返せない。

座ることもできずに青褪《あおざ》める和孝を、鋭い眼光で沢木が見上げてきた。

「組のことは、おまえより俺のほうがわかってるんだよ。情報が入らねえのは、統制が取れてる証拠だ。上の連中が情報を漏らさないようにしてるってことなんだ。指示を出しているのは——親父以外、いない」

強い口調で言い切った沢木は胸を張る。

「なるほど」

卓袱台に茶を置いた冴島が、感心した様子で二、三度頭を上下させた。

「おまえさんの言うとおりだ。若いのに、よくわかってる」

冴島の賛同を得て、沢木の眉間の皺が消えた。いつもの、久遠への信頼に満ちた双眸《そうぼう》を見せると、湯呑みを手にしてぐいと傾ける。

「うわ、あち……っ」

舌を出した沢木に、冴島が笑う。

「おまえ、そんな厳《いか》つい顔して猫舌か」

ばつの悪そうな顔をして、沢木は無理やりお茶を飲み干した。

こんなときにとても笑う気にはなれず、唇を引き結んだ和孝だったが、

「ごちそうさんです」

すっくと立ち上がり、仕事に戻ると言って出ていく沢木の後ろ姿を前にして、はたと気づいた。

こういうときだからだ。沢木も冴島も、心の中では苦しんでいるはずだ。久遠を案じ、

居ても立ってもいられないのは、みな同じなのだから。

「連絡があったら、俺にも教えて」

玄関まで見送りに出た和孝は、迷いながらも沢木に頼む。

「わかった」

沢木は一言答え、引き戸を開けて出ていった。

居間に戻ると、冴島の淹れてくれた茶を一口飲んだ和孝は、湯呑みに目を落として口を開いた。

「俺の存在って、なんなんでしょう。普段から無事を祈っているだけで——苦しんでいるとわかっているときでも祈ることしかできないなんて——そんなの、いてもいなくても変わらないですよね」

傍にいるどころか、励ます言葉すら届けられないなら和孝の存在価値は無に等しい。

「ほんと、役立たずもいいところだ」

愚痴をこぼすつもりはなかったのに、結局愚痴になってしまい、和孝は顔をしかめた。すみません、と謝罪する。

苦笑した冴島が、

「おや」

小さく声を上げた。

「おまえ、茶柱が立っておるぞ。縁起がいいな」

言われて湯呑みの中をよくよく見てみると、茶柱が立っている。縁起がいいなんて思えなかったが、悪いよりはずっといい。

「おまえが監禁されて、アヘン中毒にされたとき——あの男はいまのおまえと同じ無力さを感じたんじゃなかろうかな。そのときがくるのをじっと待つっていうのは、永遠にも思える」

「…………」

冴島がなにを言わんとしているか、和孝にも理解できる。あのときどれだけ久遠が和孝を案じ、葛藤《かっとう》し、尽力してくれたか。思い出すと胸が熱くなる。

だからこそ、なおさら自分の無力さを痛感するのだ。和孝はどれだけ悩み、足掻《あが》いても、久遠の助けにはなれない。

「ようは、俺の弱さなんですね」

自分が弱いと知っているから、無力だと考えてしまう。久遠に与えられるばかりで、同じだけ返せないと苛立ちを覚える。

「おまえひとりのせいじゃない」

最初の衝撃からすでに立ち直り、冴島はいつもの落ち着きを取り戻している。反して、いまは待つしかないと百も承知で、和孝は少しも浮上できない。

「俺が駄目なのは、俺のせいでしょう」

自棄《やけ》になって吐き捨てると、ちがうときっぱり否定された。

「人間関係において一方的というのはないんだよ。おまえが自分を弱いとか駄目だとしか思えないのは、先方にも半分責任がある。まあ、しょうがないとは思うがな。あの男の立場を考えれば、どうしても過保護にならざるを得んだろう」

慰めだとわかっている。でも、少しも気が晴れない。いま、こうしている瞬間にも久遠の身になにか異変が起こっているのではないかと思えば、叫びだしたい衝動に駆られる。

なんとか耐えられているのは、冴島が傍にいてくれるからだし、自分の仕事を貫いている沢木の存在があるからだ。

もしひとりだったなら——和孝は外へ飛び出していき、病院の前で一晩じゅう立ち尽くしただろう。

久遠や上総の携帯電話を鳴らし続け、なんの応答もないことに恐怖し、会わせてほしいと喚《わめ》き立《た》てて周囲に迷惑をかけるかもしれない。

結局、他人だからだ。

もし本当に身内なら、あの看護師にしても話を聞いてくれたはずだ。なにかあったときは、真っ先に連絡もくる。

身内でもやくざでもない和孝は、いざというとき蚊帳《かや》の外に弾き出される。沢木にはちゃんと上総から指示があったが、和孝に電話がかかるのはきっと最後だ。

俺はあんたの部下じゃない。やくざになんてならない——久遠に何度かそう言ってきたが、それは後回しにされるという意味でもあったのだとこの期《ご》に及《およ》んで思い知る。

和孝は湯呑みを置き、卓袱台に両手をついて身体を持ち上げた。

「——休みます」

これ以上醜態をさらしたくない。

冴島に頭を下げ、居間から隣室へ移動する。ひとりになると、携帯電話を手にして畳に座り、久遠のことを考えた。

出会ったときからの記憶が一気にあふれ出る。拾われて、逃げて、再会して——今日までふたりに起こったすべての出来事が次々に浮かんできては、流れていく。

ひとつひとつの出来事は、和孝の心情の移り変わりそのものだ。いまの和孝は、久遠なしの人生など考えられない。この世で誰よりも大事なひとだった。

回想しては不安が募っていき、眠れずに一夜を過ごす。途中、宮原も心配して連絡をくれたが、和孝にとっては地獄も同然の長い夜になった。

外が白み始めるのを待って細く襖《ふすま》を開けてみると、冴島もすでに起きていて、卓袱台で朝刊を読んでいた。

「なんだ。眠れなかったか」

和孝を見咎《みとが》め、冴島が朝刊を置く。

「おはようございます」

卓袱台に近づいた和孝は、朝刊へ目をやった。

下段の見出しを凝視する。そこには、昨日の襲撃事件について書かれていた。

複数の怪我人。被弾した久遠が意識不明の重体であること。以前の斉藤組銃撃事件との関連。四代目の座を争っていたという経緯。

目新しい情報はない。

朝まで厭というほど過去を回想したので、いまはなにも考えたくないというのが本音だった。いくら考えて暗鬱《あんうつ》となったところで、現状はなにも変わらない。

一晩、久遠からの連絡を待って携帯電話を握っていても、結局、かかってこなかった。急に眼窩《がんか》に痛みを感じて睫毛《まつげ》を瞬かせる。すると、痛みは眉間を伝わって額へ広がり、ずきずきと頭まで疼《うず》くように痛み始める。

「ぼんやりしててもしょうがない。ちと早いが、朝飯にするか」

冴島が腰を上げて台所に向かったので、和孝も倣《なら》った。

朝食の支度に取りかかってすぐ、冴島が額を押さえた。

「しまった。味噌が切れておったんだ」

鍋の中ではすでに大根と長葱《ながねぎ》が煮立ち、味噌を入れるばかりになっている。

「俺が買ってきます」

言うが早いか、冴島に止められる前に行動に移し、財布を手に玄関へ向かう。なんの情報も得られなかった朝刊の記事に苛立っていたので、外の空気を吸って頭を冷やすにはちょうどいい機会だった。

スニーカーを引っかけ、路地を出てすぐに気づいた。

いつも停まっている沢木の車がない。もしかして上総から連絡があって帰ったのだろうか……いや、もしそうなら自分にも教えてくれるはずだ。連絡があったら教えてほしいと伝えておいたのだから。

夜だから電話しなかった?

それとも、電話する間もないほど急ぐなにかがあったのだろうか。

沢木の姿が見えないことで、また心が乱れる。足許が不安定になったような気がして、和孝はジーンズのポケットに入れた携帯電話を取り出した。

登録した沢木の番号を呼び出し、電話をしようかすまいか迷う。疑心暗鬼になっている状態で、もし沢木が出なかったら、なにか悪いことでも起こったのかと疑い、きっと自分はいっそう怖くなる。

げんにいまも寒気がして、頭痛はひどくなっていた。

「柚木《ゆぎ》和孝だな」

携帯電話に意識が囚われていたせいで、真後ろに立たれるまでひとの気配に気づけなかった。

「一緒に来てもらおうか」

すぐ後ろから低い声で命じられて、はっとして和孝は振り返った。

そこにはふたりの男がいた。

顔に見憶《みおぼ》えはない。ひとりは長身の痩《や》せた男で、歳《とし》は三十歳前後だろう。もうひとりは背丈こそ和孝より低いが、スーツの上からでも鍛えられた体軀《たいく》が窺《うかが》えた。

ふたりともスーツ姿だが、ビジネスマンには見えない。堅気《かたぎ》の匂《にお》いがまったくしなかった。長身の男に至っては、唇から顎にかけて、あきらかに刃物で切られたであろう傷痕《きずあと》があり、反射的に和孝は一歩後退りした。

どうしていま、とタイミングの悪さを呪《のろ》わずにはいられない。

「おとなしく言うことを聞いたほうがいい」

くいと顎で路肩に停まった黒いセダンを示される。黙って従えばどうなるか、こういう場面に慣れている和孝には容易に想像できる。

いままでは久遠が助けてくれた。

今日は沢木もいないし、自分で対処しなければならない。

「——俺に選択権はないんだろ。そんな怖い顔しなくても行くよ」

懸命に普通を装う。

両手を上げて降参を表した和孝は、先にセダンへと足を踏み出した。両脇《りょうわき》を男が挟んできたので、そのまままっすぐ歩いて進んだ。

長身の男が後部座席のドアを開けた。

「乗れ」

わかったよ、と答えた和孝は、

「あ」

声を上げてその場に屈《かが》んだ。

「おい」

一方の男が剣呑《けんのん》な様子で身構える。

「スニーカーの紐《ひも》が解《ほど》けたんだって」

自分で解いた紐を、わざともたもたと結び直す。

「早くしろ」

焦れた長身の男が舌打ちをした。

タイミングを窺っていた和孝は、きゅっと強く紐を引っ張ると腰を浮かせる。

「終わった」

そう呟《つぶや》くや否や、長身の男の靴にすかさず足を引っかけ、すくった。

「うわ」

男が体勢を崩し、片手を地面につく。同時に走り出した和孝だったが、五歩と進まないうちに腕を摑まれた。

「おとなしくしろって言っただろ！」

小柄な男は筋肉質なうえ、瞬発力もあるらしい。思いきり腕を振り払ったが、今度は肩を強く握られる。

「は……なせよっ」

半身を返しながら、男の頰に肘《ひじ》を入れた。がつっと鈍い音がして、確実な手応《てごた》えを感じた和孝はまた走り出した。しかし、今度もすぐに阻まれる。

「てめえ」

男は和孝の襟首を摑むと、薙《な》ぎ払《はら》った。地面に尻餅《しりもち》をつく格好になった和孝は、反射的に男の腿《もも》に腕を回して共倒れに持ち込む。

倒れるときに男のこぶしが頰を掠めて一瞬痛みを覚えたが、構わず蹴《け》りを入れて距離を置き、そのまま逃げる体勢に入る。

「待ちやがれ！」

男がタックルしてくる。腰に抱きつかれ、地面に這《は》いつくばる姿勢になると、手足が千切れんばかりにその場で暴れた。

「放せ！　俺に触るな！」

抵抗も虚しく手首を取られる。後ろ手に捻《ねじ》られ、肩が外れそうな痛みに襲われた。それでも、じっとしているわけにはいかなかった。このチャンスを逃せば次はもうない。

拘束を解こうと、両手両足、身体を捩《よじ》る。

「おとなしくしてろって言っただろう」

頭上から低く一喝してきたのは、長身の男だった。

和孝を押さえつける男とアイコンタクトを交わしてから、長身の男は渋い顔でポケットからちらりと黒い物体を覗《のぞ》かせた。

「おとなしくしてれば危害は加えない――だが、逆らうつもりなら無傷でいられる保証はないと思え」

「――」

一瞬だったが、黒い物体が銃だと知るには十分だった。

和孝は、暴れるのをやめた。みすみす男たちの手に落ちるのは我慢ならない。でも、ここで和孝が負傷すれば状況はさらに悪化する。

久遠に一目も会わないうちに、自分がどうにかなるわけにはいかなかった。

ぐいと引き寄せられるまま、従う。セダンの後部座席に押し込まれた。小柄な男が運転席に、長身の男が和孝の隣に乗ってきた。

「アイマスクをするが、抗《あらが》うなよ」

発車してすぐ視界を塞《ふさ》がれた。途端に、日常から隔離されたような心地になり、恐ろしくなる。ポケット越しではあるものの、脇腹に銃を押し当てられているのだ。

両手を拘束されていないことも恐怖心に拍車をかける。ようするに、無傷である必要はないと宣言されているも同然だった。

きっと冴島が心配するだろう。宮原、津守《つもり》。知ればみんなが心配して、なんとかしようと手を尽くしてくれるにちがいない。また面倒をかけてしまう。

久遠が動けないいまだから、なおさらだ。

「……っ」

自分を情けなく思いながら、どうしていつもこうなるのかと心中で吐き捨てる。

——人間関係において一方的というのはないんだよ。おまえが自分を弱いとか駄目だとしか思えないのは、先方にも半分責任がある。

いまさらながら昨夜の冴島の言葉に、そのとおりだと納得する。冴島の意図は別のところにあるとわかっていても、和孝にしてみれば、この状況がまさにそうだった。

頭痛がひどくなり、こめかみがどくどくと脈打っているように感じる。

「……なにやってるんだよ」

痛みと腹立たしさから感情に任せ、小声で吐き出した。

「静かにしてろ」

すかさず隣から命じられ、和孝は唇を噛み締めた。

こんな奴らの意のままになるのが悔しい。弱い自分が情けない。でも、たびたび自分の脆弱《ぜいじゃく》さを思い知る場面に陥らせている原因は、久遠なのだ。

なにをやってるんだと、もう一度心中で久遠を責める。

深手を負ったなんて、意識不明だなんて――信じない。ベッドに横たわっている久遠を想像することすらできない。

和孝にとって、久遠は唯一意地を張れる相手だ。本気で悪態をつき、我を通すためにぶつかれる。きっとそれは、必要とあらば平然と嘘《うそ》をつき、不要なものは切り捨ててしまえる久遠の強さを信頼しているからだろう。

ずっと前を歩いている久遠に、和孝は少しでも追いつきたいと必死なのだ。

「……………」

考えているうち、理不尽と承知で怒りが込み上げてくる。わけのわからないやくざに簡単に捕らえられてしまった自分と、それを止められなかった久遠に腹が立つ。

苛々しながら、和孝は隣の男に噛みついた。

「おとなしくしてるだろ。脇腹にごりごり押しつけられたら、痛いんだ」

急変した態度をどう思われようと知ったことではない。こんな奴ら、どうだっていい。

どこかへ連れていかれて、俺の身になにかあったらあんたのせいだと内心で久遠への文句を並べていった。

だから早く会いに来てほしい、と。

車が停まった。いったいどこに連れてこられたのか、予想もつかない。やけに周囲が静かなので耳を澄ませると、微かに葉音が聞こえてきた。

ここにきて初めて、背筋が凍る。

もしここが誰も足を踏み入れない山中なら、ひとの目にも触れずに殺される可能性もある。

「――どこだよ」

腕を摑んでいる男に問う。

「いいから黙って歩け」

男は一言答えた。

直後、段差に躓《つまず》いた和孝は、とうとう我慢できずに男の指示に逆らってアイマスクを外した。

「――――」

真っ先に緑が目に入る。視界が開けると嗅覚《きゅうかく》も明確になり、木々の青臭い香りが鼻をくすぐる。

やはり山中のようだが——和孝が意識を奪われたのは別のことだった。

「——ここは」

一瞬、幻でも見ているのかと疑う。

だが、確かに知っている場所だった。車が上がってきたのは、緩やかなカーブを描いた小道。そして、目の前にあるのは、自然の中にひっそりと佇《たたず》む漆喰《しっくい》と欅《けやき》で造られた二階建てのコテージ。

記憶にある外観に、和孝の心臓が大きく脈打つ。

和孝がこの場所を訪れたのは、一年余り前になる。久遠と再会して、湯治場《とうじば》へ逃げ出したとき、追いかけてきた久遠に連れてこられたのだ。

あのとき、うちの別荘だと久遠は言った。

「おい、まだアイマスクを外していいとは」

「木島の組員?」

長身の男が発した言葉をさえぎり、向き直ると質問する。

そうだと答えてほしい。和孝が見ている光景は幻ではないと示してほしい。でなければ、気がおかしくなってしまいそうだった。

和孝の必死の質問に、男たちは顔を見合わせる。返答しようかどうか迷っているそぶりを見せたあと、ふたたび和孝に手を伸ばしてきた。

摑まれる前に振り払う。

「木島組の者かって聞いてるんだっ」

激情に、語尾が上擦《うわず》った。

胸が潰《つぶ》れそうだ。痛みを覚えて、心臓を手のひらで押さえる。衣服の上からでも自分の鼓動の音が感じられて、自分がいかに極限状態であるか実感する。

ふたりの男が、目線で合図を送り合った。

直後だ。

「もういい」

背後のコテージから低い声が聞こえてきて、和孝は身体を硬くした。

「ご苦労だった。おまえたちは仕事に戻ってくれ」

和孝を無理やり引っ張ってきた男たちが、あっさりと退く。一礼すると、車に戻って走り去っていった。

息苦しいほど動悸《どうき》の打ち始めた胸を手で押さえたまま、和孝は足に根でも生えてしまったかのように一歩も動くことができなくなる。

こうなることをあまりに強く願っていたから、期待が裏切られたらと不安に思うあまり、自分の目で確かめる勇気がすぐに出ないのだ。

「なにが、『もういい』だよ。俺は……ずっと、電話がかかってくるのを、待ってたんだ」

後ろを見ずに、悪態をつく。恨みがましい口調になるのは当然だった。

電話をかけても出てくれない。ニュースで報じられていたことは事実なのか。電話にすら出られない状態にあるのか。頭をよぎる悪い想像を懸命に振り払いながら、『魔王』のメロディをひたすら待っている間、生きた心地がしなかった。

「許せ。周囲の目を欺《あざむ》くためにこっちも準備が必要だった」

苦笑混じりの言い訳が返る。

和孝は長い息を吐き出すと、肩を怒らせた。

「――帰る」

一言背後に言い捨て、そのまま歩き出す。

「和孝」

呼ばれても足を止める気はなかった。久遠には久遠の事情があるのかもしれないが、そのせいでどれほどの恐怖を味わったか。電話一本してくれなかったことを「許せ」の一言ですませようなんて、納得できるわけがない。

久遠の無事を確認できたせいか、悔しさが込み上げると同時にじわりと目頭が熱くなる。必死で堪えようとしても、睫毛に涙が溜《た》まってきた。

怖かったのだ。一時は、久遠を失うかと思った。

本気で帰るつもりで小道を下っていた和孝は、次の瞬間、歩みを止めた。久遠が小さく呻く声が聞こえてしまったからだ。

身をひるがえし、急いで久遠のもとへ駆け寄った。

「怪我《けが》してるんだ？　どこ？」

身体には触れないよう注意を払いながら、久遠を熟視する。シャツの胸のあたりが不自然な皺になっていたので、覚えず顔をしかめた。

釦《ボタン》をひとつ外してみると、白い布が見える。包帯だ。

「やっぱり……怪我、してんじゃん」

覚悟していても、衝撃は大きい。肩から胸に巻かれている包帯はあまりに痛々しくて、重体じゃなくてよかったなんて喜ぶ気分ではなかった。

「こんなところに立ってたら駄目だろ」

目頭どころか、顔全体が熱くなる。湧《わ》き上《あ》がってくる激情を何度も呑み下しながら、久遠の背中に腕を回した。

そのときになって、木々にまぎれてコテージの周りに警護がついていることに気づいた。ふたりは知らない男だが、ひとり、馴染《なじ》みのある顔を見つけた。

沢木だ。沢木は、敵の中にいるかのようにぴりぴりとして見える。全身全霊で久遠を守ろうとしているのだ。

一瞬、和孝と目が合ったときもその姿勢にまったくぶれはない。

「見た目よりたいした怪我じゃない——だが、そうだな。中に入ってくれるとありがたい」

久遠の身体を抱いてコテージ内に入る。

和孝には懐《なつ》かしい部屋だ。

組の別荘にしては落ち着いた雰囲気の室内には、壁に埋め込まれた暖炉がある。それを囲むように革のソファが置かれ、天井からぶら下がっている電灯はやわらかに床をオレンジ色に染めて、あたたかなムードを演出していた。

久遠と並んでソファに腰かけた和孝は、目を伏せると、懸命に言葉を絞り出す。

「……なんで、こんなことに……」

なぜ怪我をしたのか。ニュースではどうして意識不明と報じられたのか。誰がこんな真似をしたのか。なにより、久遠の怪我の程度が知りたかった。

「ニュースのとおりだ。うちの事務所に爆発物が仕掛けられ、銃撃を受けた。負傷者は五人。誰も死ななかったのは幸いだった」

淡々と話す久遠に、なにが幸いだと反論する。自分が撃たれたというのに、「幸い」の一言で片づけようとする気が知れない。

やくざなんて嫌いだ。平成の世の中にあって、縄張り争いで命のやり取りをするなどナンセンスにもほどがある。

久遠の傍にいればいるほど周囲のやくざに対する嫌悪感《けんおかん》は募っていく。この世から消えてしまえばいいとすら思うときもあった。

「犯人は？」

逃走したとテレビでは伝えていた。

必死で感情を抑える和孝の努力を察したのか、久遠が宥《なだ》めるように手のひらを頭にのせてくる。

「表向きは逃げたことになっている」

これくらいで絆《ほだ》されるものかと思いながら、和孝は久遠の腕に触れた。

「じゃあ、本当はちがう？」

上目で問うと、微苦笑が返った。

「知らなくていい」

久遠の言うとおりだろう。一般人である和孝が首を突っ込む問題ではないし、知らなくてすむなら知らないほうがいいに決まっている。

詮索《せんさく》する代わりに、常日頃の思いを正直に口にする。

「なら、聞かない。俺は、あんたさえ無事なら誰がどうなろうとなんとも思わないから」

身勝手は承知のうえだ。でも、久遠さえ無事ならという気持ちは、まぎれもなく和孝の本音だった。

久遠は、少し困った様子で和孝の髪を指で梳《す》く。何度かそうしたあと、親指を和孝の睫毛に触れさせると、何度か擦った。

「おまえが泣くだろうと思ったら、すぐには連絡できなかった」

言葉とともに頭が引き寄せられる。肩口に額をつけた和孝は、いまの一言で久遠の心情を知る。

すぐに連絡しなかったのは、和孝のためだという。いまは平然として見えるが、それだけ久遠の怪我の状態は悪いのだろう。

拭われたばかりなのに新たな涙が滲《にじ》んできたが、ぐっと堪えて久遠の背中に両手をそっと回した。

「あんたの身体が傷だらけになると……俺も痛いんだ」

我慢しても目の奥が熱く潤む。むしょうに泣きたくなる。

唇の内側を噛んで、和孝は久遠から身を離した。

泣いたところで久遠の怪我がよくなるわけではない。唇を引き結ぶと、ソファから立ち上がって久遠を寝室へ促す。

「ベッドに横になって。久遠さん、熱がある」

触れられた指先も、触れた身体もいつもより熱かった。怪我のせいで微熱があるのは明らかだ。

強制的に寝室に連れていこうとしたそのとき、入り口のドアが開いて知らない男が入ってきた。両手に荷物を抱えた男は、久遠を見るとぎょっとした表情になり、急いで駆け寄ってきた。

「まだ起きてはいけません！」

荷物を放り出して、久遠に両手を伸ばす。

「寝ててくださいって言ったでしょう。傷口が開いたらどうするんですか」

和孝など目に入っていないのか、彼は無視して久遠を寝室へと追い立てた。

和孝と歳の変わらない、まだ青年とも言える彼に久遠も従い、寝室へ向かう。

「痛み止めを打ちます」

久遠をベッドに座らせると、男はいったん寝室を出ていった。彼は誰なのか、久遠に視線で問うと、意外な答えが返ってくる。

「うちの組員の伊塚《いづか》だ。去年、有坂《ありさか》が連れてきた」

どちらかといえば優男《やさおとこ》的な風貌《ふうぼう》で、組員には見えなかった。シャツにジーンズを身に着けた二十代後半と思われる彼は、どこにでもいる普通の男に見える。

木島組の若頭補佐である有坂が連れてきたというなら、それなりに覚悟を決めて組に入ったのだろう。

「伊塚は医学部を出ている。怪我の処置をしてもらった」

医学部まで出ておきながら、彼——伊塚がなぜわざわざやくざになんてなろうと思ったのかわからない。

だが、久遠自身もそうだし、上総もだ。

近年大卒のやくざが増えているというのは、どうやら事実らしい。

「伊塚さんのおかげなんだね」

つまり、冴島を待てないほど急を要したのだ。伊塚が迅速な処置をしてくれたから、久遠の命は助かった。

「持ってきました」

寝室に戻ってきた伊塚の手には注射器がある。局所麻酔薬をブロック注射することにより、痛みをやわらげるだけでなく治癒力も高めるのだと説明しながら久遠のシャツを開くと、包帯を解き始めた。

全部解いてしまう前に、伊塚は初めて和孝を見た。

「スプラッターは平気なほうですか？」

「…………」

いきなりの質問に面食らったものの、意図することは伝わってきた。

「大丈夫です」

スプラッター映画は得意ではないし、趣味ではない。が、久遠の傷口ならどれほどひどい状態にあろうと、目をそらすわけにはいかなかった。

頷いた伊塚が包帯を外す。

声を嚙み殺し、和孝はまだ血を滲ませている生々しい傷痕を凝視した。

久遠は見た目よりたいした怪我ではないと言ったが、赤黒い肉色をした銃創はあまりに大きく、縫い目に沿って皮膚が引き攣れている。鎖骨のあたりが腫《は》れ上《あ》がっているのは、折れているからにちがいない。

激しい痛みがあるはずだし、伊塚の言うとおり歩き回れるような状態にはないはずだ。

傷口を消毒し、処置をしてから包帯を巻き直す傍《かたわ》ら、伊塚が説明していった。

「弾が肺を避《よ》けて、肩甲骨の下に入ってくれたのは奇跡みたいなもんです。じゃなかったら、いま頃どうなっていたか。少なくとも、俺なんかの手には負えませんでした」

伊塚の言葉に冷水を頭から浴びせられたような心地になる。もしかしたら報道どおりになっていた可能性もあったのだと思えば、恐ろしかった。

「抗生物質を飲んでください。いま水を持ってきます」

伊塚が包帯を巻き終えるのを待たずに、和孝がドアへ向かった。

「俺が持ってきます」

いったん席を外して、気持ちを落ち着ける。傷口を目《ま》の当たりにして、伊塚の説明を聞いたことによって、久遠の怪我がいかに深刻なものであるかを実感した。

一度深呼吸をしてから、水を入れたグラスをトレイにのせて寝室に戻る。脈を見ていたので足音を忍ばせて入り、サイドボードの上にトレイを置いた。

「本当は病院に行ったほうがいいんですが——重傷なのは、間違いないんです」

伊塚自身、病院に行くのは無理と承知しているのだろう、あきらめの口調でぽつりとこぼすとベッドから離れた。

「手間をかけるな」

シャツの釦を留めながら伊塚に労《ねぎら》いの言葉を口にした久遠が、次にはその目を和孝に向けた。

「伊塚、彼を送ってくれ」

「……え」

一瞬、なにを言われたのかわからなかった。帰すなら、なんのために和孝をここに連れてきたのか。

不信感が顔に出たらしい。久遠は片頬だけに笑みを滲ませた。

「電話ですむならそうしたかったが、自分の目で確かめるまで、おまえは信じないと言うだろう」

当然だ。ニュースで報じられたように意識不明ではなくても、起き上がることができないほど重傷なのかと疑っていた。他のことならさておき、久遠自身に関しては自分で確認するまで信じられなかった。

一方で、確かめたからもういいはず——みたいな言い方をされると不快になる。和孝には、久遠の怪我を案じて傍にいる権利もないというのか。

「厭だ」

きっぱり撥《は》ねつけた和孝に、伊塚が困惑のまなざしを投げかけてくる。

「——でも、ここにおられると知っている人間は、組でも一部だけです——樟陽病院のSICUに入っていることになってますから」

人目につくのはまずいと言いたいようだ。それなら、和孝のとるべき行動はひとつだった。

「俺は、ずっとここにいる。絶対帰らない」

久遠を睨《にら》みつけ、強い口調で告げる。

久遠は首を横に振った。

「なんのために冴島先生の世話になっているか、忘れたとでも？」

「…………」

久遠の言いたいことは、和孝自身が誰より熟知している。自分は、他人の世話ができるような立場にはない。この場に残れば、数ヵ月の努力はもとより冴島の好意を無にしてしまう可能性もあるのだ。

いくら口で大丈夫と言おうと、保証がない以上久遠は許してくれないだろう。

「……わかってる」

和孝は俯《うつむ》き、唇を噛んだ。

結局、自分がやってきたことはなんだったのか。嫌気が差して眉《まゆ》をひそめる。

「行きましょう」

伊塚が遠慮がちに促してくる。

これ以上我を通しても迷惑になるのは明白なので、和孝は無言でドアに向かった。血が滲むほど唇に歯を立て、伊塚が開けたドアから外へ出る。

「大丈夫です。俺がついてますから」

初対面にもかかわらず和孝に対してなんの疑心も好奇心も見せない伊塚に、本来なら感謝すべきだが――いまはそんな気にはなれない。去年入った組員が傍にいられるのに、自分にそれができないのは理不尽に思えた。

玄関を出て、まっすぐ車へ歩いていく。あと数歩というところで、和孝は、「養生して」の一言も久遠に伝えてなかったことに気がついた。

自分の感情を優先させて黙って出てくるなんて――最悪だ。

「俺……」

五分だけ時間をくれと伊塚に言うつもりで口を開く。けれど、実際に和孝が発したのは、まったくちがう言葉だった。

「帰れない」

本音を漏らし、踵《きびす》を返す。一歩足を踏み出したあとは、伊塚の制止の声を振り切り走ってコテージに戻った。

玄関を入り、寝室のドアを開け放つと、息を切らせながらベッドの上で雑誌を捲《めく》っていた久遠を睨みつける。

「俺は……あんたのなんだよ！」

戻ってきて悪態をつかれるとは思っていなかったらしい、和孝を見た久遠が目を瞬かせた。

「養生してとか、誰が言うか。こんなときに自分や周囲を優先しろなんて言われたって、できるわけねえだろっ」

激情に胸を大きく喘がせる。言いたいことはたくさんあった。だが、それよりも、久遠がなんと答えようとここから動く気はないと伝えたかった。呆れた様子で久遠が頭を抱えたとしても、だ。

やくざとか跡目騒動とかどうでもいい、久遠の傍にいたい、和孝の望みはただそれだけだ。

「すみません！」

追ってきた伊塚が、久遠に謝罪する。

自由のきく右手で額を押さえた久遠が、あからさまなため息をこぼした。どんな言葉が返ってくるかと身構えた和孝の前で、額から離した手をひらりと振る。

「ここはいい」

どうやらこれは和孝でなく伊塚に言ったようだ。一礼した伊塚は、黙って寝室から立ち去った。

帰らなくても、ここにいてもいいのだろうか。

久遠に手招きされ、半信半疑で和孝はベッドに近づく。伸ばされた手が触れる前にびくりとしてしまったのは、聞き分けろと言われてしまう危惧がまだあったからだったが。

「抵抗したのか」

久遠が口にしたのはちがう言葉だった。

なんのことなのかわからず首を傾げたものの、久遠の指先が顎に触れると、ぴりっとした痛みを覚える。擦り傷でもできているのかもしれない。心当たりがあるとすれば、拉致《らち》同然に車に乗せられそうになったときだけだ。

「知らない奴らだったんだ」

しょうがないだろ、と言い訳する。もっとも、彼らもなにも聞かされずに和孝を送ってきたのだろう。いまから思えば、加減を計りかねていたようだった。

「沢木じゃ目立ちすぎると思ったんだが——そうだな、おまえなら抵抗するだろうな」

久遠が、苦笑いとともに目を細める。

ベッドの端に腰かけた和孝は、久遠の髪に両手を差し入れて正面から見つめた。

「俺をここにいさせて」

拒絶されても居座ってやるという強い意思を双眸に込める。

久遠はすぐに返事をしない。束の間和孝を見つめたあと、ふいに笑いだす。くくと声まで出して笑われて、いったいいまのどこに笑うツボがあったのかと怪訝《けげん》に思う。

「なんだよ」

顔をしかめると、笑いながら久遠が右腕を和孝の背中に回してきた。

「さっき電話をかけたばかりだが」

久遠の声はいつになくやわらかだ。一歩間違えれば命にも係わりかねない怪我をしたというのに、リラックスしているようにも聞こえる。

「戻ったら冴島先生に叱《しか》られるな」

ようやく許しを得て、久遠の頭に両手を添えたまま胸を撫で下ろした和孝は、暢気《のんき》な雰囲気に合わせて軽い調子で答えた。

「平謝りすれば、先生はきっと許してくれるよ」

久遠の背中を擦ってから、身体を離す。ずっと触れていたくても、久遠は怪我人だ。

「とりあえずあんたは横になって。寝るまで見張ってるし、早く寝ないと——そうだな、あんたへの罵詈雑言《ばりぞうごん》でも耳元で並べ立ててやるか」

久遠を指差し、真顔で宣言する。普段は和孝より体温が低いのに、熱のために汗ばんでいて、それが心配だった。

「それは、怖いな」

肩をすくめた久遠から雑誌を取り上げると、いったん寝室をあとにして椅子《いす》を抱えて戻ってくる。ベッドの近くに置き、そこを居場所と決めた和孝は、ようやく身体から力を抜いた。

「子守唄《こもりうた》でも歌う？」

「遠慮しておく。おまえ、鼻歌でも音程外すしな」

もちろん冗談だったが、即座に拒絶されれば面白くない。

「は？　もしかして、俺のこと音痴だと思ってる？」

唇を歪めて反論した和孝だったが、ある事実に思い当たる。

久遠は病院にいるとみなが認識しているのなら、しばらく誰にも邪魔されない。久遠は跡目騒動からも解放され、ゆっくり療養できる。そう考えたとき、もうひとつ気づくことがあった。

再会して一年余り。

すでに久遠と一緒にいても息苦しさを感じていないばかりか、ふたりの空間を愉しめるようになっている。

これもひとつの成長だろうかと、陽光が注ぐ寝室に久遠とともにいながら和孝は実感する。

傍にいられるときにいなければもったいない。そんなふうに思ってしまう自分に、どこかくすぐったい気持ちになったのだ。

「ごめん。目が覚めた？」

汗で額に張りついた前髪をそっと搔き上げると、久遠の瞼が持ち上がった。薬が効いたのか、先刻より顔色はいい。

眠っている間ずっと寝顔を眺めていた和孝だが、久遠の寝姿はあまりに静かで、途中何度か不安になり、息をしているか口許に耳を近づけ確かめたほどだった。

ちゃんと寝顔を見たのは初めてなので、戸惑いもあるのかもしれない。

すでに日は傾いたあとだ。先刻まで窓からベッドの脚下に向かって差し込んでいた西日は床の濃い茶色に溶け込み、室内に影を落としていた。

部屋の電気をつけた和孝は、髪を掻き上げながら上半身を起こした久遠の背中に枕《まくら》を当てる。

「身体、拭《ふ》くだろ?」

久遠はなにか言いたげな顔をしたが、返ってきたのは「そうだな」の一言だけだった。

寝室を出るとその足でバスルームへ行き、お湯を溜めた洗面器とタオルを持って戻る。サイドテーブルの上にそれらを置いて、久遠に向き直った。

「脱がすから、ちょっとでも痛かったら言って」

シャツの釦を外し、細心の注意を払って久遠の腕からシャツを抜いていく。包帯を直に目にすると、傷口を思い出して自然に眉根が寄った。

「ゆっくりやるから」

上半身を裸にすると、濡らしたタオルでそっと汗を拭っていく。額から頬、首回りを拭いて、包帯を避けて腹へとタオルを滑らせた。

「さっきからなんだよ。言いたいことがあれば言えばいいだろ」

腕を拭きながら、久遠の視線を感じて水を向ければ、

「たまには怪我もしてみるものだ」

洒落《しゃれ》にもならない返答がある。

「冗談でもやめろよな」

こっちは生きた心地がしなかったんだと言外に責めると、久遠はあっさり自分の非を認めた。

そのせいだろうか。和孝にすべて任せて好きにさせてくれる。ベッドに腰かけた久遠の足からズボンを脱がせたときもなにも言わずに協力してくれた。

「ご飯作ってる途中だったんだ。これ終わったら、食べて」

つくづく冴島に料理を習っていてよかったと思う。長丁場の療養を予定してか、食材はたっぷり用意されているのでメニューには困らない。

足からふくらはぎへとタオルを上げていった。

「……っ」

大腿《だいたい》までできたとき、覚えず息を呑む。表情はまったく変わっていないのに、久遠の下着が押し上げられていたからだ。

途端に、鼓動が速くなる。それも当然で、最後に肌を合わせたのはもう二ヵ月近く前になる。これほど長い禁欲生活は初めてだった。

「……これに着替えて」

動揺を隠して久遠から離れると、ベッドの脚下に用意しておいた着替えを示す。前開きのシャツとジャージー素材のズボンだ。

タオルと洗面器を抱えて寝室を出た和孝は、バスルームにそれらを置くと、予定どおりキッチンに向かった。

作りかけの和食にまた取りかかる。動悸はいっこうにおさまらない。それどころか、息苦しいまでに昂揚《こうよう》し、和孝は自身の身体の変化を知る。

いつもとは勝手がちがう。そもそも久遠と会うのは寝るのが目的なので、顔を合わせることイコール、セックスをすることだ。

久遠から仕掛けてくるときもあれば、和孝から手を伸ばすときもある。何十回と寝てきたので、互いのタイミングはわかっている。

久遠の双眸に欲望が宿る瞬間が、和孝はたまらなく好きだった。

おさまれ、と心中で何度も唱えながら玉葱を刻む。だが、身体は和孝の気持ちを察してくれそうにない。

「釦を留めてくれないか」

唐突に声をかけられて、肩が跳ね上がった。過剰反応した自分に内心で舌打ちをしながら背後を振り返ったとき、うっかり手許が狂い、刃が人差し指を掠めてしまう。

「痛……っ」

小さく声を上げた和孝に、シャツの前を開いたままの久遠が歩み寄ってきた。

「切ったのか」

左手を取られ、なおさら鼓動は速くなった。血の滲んだ指先よりも久遠に摑まれている手首のほうが気になる。

「――ちょっとだけ」

大丈夫だからと左手を引いたが、久遠は放してくれない。和孝の人差し指を口に含み、吸ってきた。

「……っ」

冷静になるどころではない。身体じゅうが熱くなり、うなじに汗が浮く。指を吸われたくらいで和孝の中心は完全に勃《た》ち上《あ》がり、おさまりがつかなくなった。

大腿を捩った和孝は、指を久遠に舐《な》められながらぎゅっと目を瞑《つぶ》る。

これは失敗だった。舌の這う感覚がいっそう強くなった気がした。

いや、気がしたではなく、現実に敏感になっているのだろう。しょうがない。二ヵ月近くも放っておかれたのだ。

幸か不幸か、伊塚は医薬品を調達するために外出している。

迷いを捨てて一度唇を引き結ぶと、久遠の口から人差し指を抜く。

「じっとしてて」

ようするに、久遠が動かなければいいのだ。和孝がするだけなら怪我に障《さわ》ることはないはずだ。そう開き直り、床に膝《ひざ》をつく。

「あと、あんまり見るなよ」

念押ししてから、久遠のズボンの前に触れた。硬くなっている久遠の中心は、和孝が触れるとさらに芯《しん》を持つ。

浅い呼吸をしながらズボンと下着をずらしてあらわにすると、そこに唇を寄せた。羞恥心《しゅうちしん》で眩暈《めまい》がする。だが、それすら性感に繋《つな》がるのも事実だ。ベッドの上では何度もやった行為でも、キッチンで、自ら跪《ひざまず》いてするなんて初めてなのでいつもより拙《つたな》くなってしまうぶん、熱がこもる。

久遠にもそれは伝わっているのだろう、和孝の頭に置いた右手が、時折もどかしそうに動く。

「ん……ふっ」

湿った音がキッチンに響く。そのうち羞恥心も薄れる。久遠を悦《よろこ》ばせる行為に熱中しつつ、和孝は自分の昂《たかぶ》りを意識した。

喉を開いて奥まで使いながら、含みきれない根元を手で愛撫《あいぶ》する。そうする傍らもう一方の手は自身にやり、ジーンズの上から擦った。

「和孝」

久遠の声が少し掠れる。絶頂が近いのだ。頭に置かれた久遠の手に力が入った。

「もう出る。離せ」

久遠の言葉に、和孝は返答せずに行為で先を促す。舌をからめて扱《しご》き、吸いつくと、頭上で小さく久遠が呻いた。

直後、喉に勢いよく絶頂が叩《たた》きつけられる。口からこぼれ出すほどあふれた久遠の快感の証《あかし》をすべて嚥下《えんか》する。

終わったあとも舌を這わせ、最後の一滴まで舐め取った。

久遠に腕を掴まれる。引き寄せられるに任せて床から膝を離し、立ち上がる。

「見……るなって言っただろ」

最中もさることながら、いまの自分はさぞみっともない表情をしているだろう。顔を背けた和孝のこめかみに、久遠が唇を押し当ててきた。

「そんな顔をしてるのに、聞けないな」

首を巡らせ、久遠の口づけを避ける。怪訝な目で見られようと、この場にいるわけにはいかなかった。

強引に抱き込もうとする久遠から逃れた和孝は、恥かきついでとばかりに久遠を上目で睨みつけた。

「風呂《ふろ》入ってくる。理由は……聞かれたくない」

久遠がどんな表情をしたか、とても確認する気にはなれず急いでバスルームに向かう。

いくらご無沙汰《ぶさた》だったとはいえ、自分でも信じられなかった。

「……くそ。ありえないし」

不満を漏らそうにも、自己嫌悪で声に力が出ない。それもそのはずで、久遠のものを銜《くわ》えながらジーンズの上から二、三度擦っただけで和孝は達してしまっていたのだ。こんなことは、十代の頃でもなかった。

衣服を脱ぎ捨て、ついでに洗濯機を回す。

シャワーを浴びた和孝がスエットの上下に着替えて戻ったとき、久遠はダイニングテーブルで煙草《たばこ》を吸っていた。

「なにやってるんだよ。ベッドに戻れって」

多少やつあたりも込めて寝室のある方向を指差すと、うんざりした顔になる。

「もう十分休んだ。これ以上ベッドにいたらかえって悪くなる」

本気で厭そうに見える久遠に近づき、手のひらを額に当て体温を確認する。薬のおかげか、久遠の回復力なのか熱は下がっていた。

「しょうがない、夕飯の間だけ見逃す。食べたらまた横になること」

条件付きで譲歩し、和孝は夕食の準備に戻る。

「冴島先生がいるようだな」

久遠の一言に驚いたが、満更悪い気分ではなかった。

冴島の個性は強烈だ。キャラクターもそうだし、考え方や生活も確固たるものを持っている。一緒に暮らすうちに少なからず影響を受けても不思議ではない。

「だったら、俺を冴島先生と思えばいいよ」

それなら逆らう気にはなれないだろうとしたり顔で胸を張ると、吸いさしを灰皿で弾きながら、久遠が口許を歪めた。

「それは――萎《な》えるな。冴島先生とは寝る気になれない」

「…………」

当たり前だ。一瞬変な想像をして首を振った和孝は、ついさっきの恥を思い出して久遠をお玉で指した。

「俺も寝る気ないから」

世話をするためにここにいるのに、体力を使わせてしまっては意味がない。怪我人はおとなしく治療に専念すべきだ。そういう意味で言ったが、和孝の返答など久遠は予測済みだったらしい。

「添い寝くらいしてくれてもいいだろう？」

予想外の申し出に、一瞬、口ごもる。果たして添い寝ですむかどうか疑わしいが、「添い寝」の魅力には敵わなかった。別々の部屋で寝るよりずっといい、そう考えたのだ。

「……まあ、それなら」

歯切れの悪い返答をして、あとは夕飯の仕上げに集中する。煮魚、鶏肉とにんじん、里芋、椎茸《しいたけ》のみの治部煮《じぶに》、味噌汁。消化のいいものをと考えた結果、冴島の好みそうなメニューになった。

テーブルで向かい合い、ふたりきりの食事をする。

「利《き》き手《て》側じゃなくてよかった」

右側だったら、なにをするにも難儀をしていただろう。

「そうだな」

久遠が同意する。

この場に本当に冴島がいたら、気を遣って久遠の口数は増える。いまは和孝ひとりのため相変わらず会話は続かない。和孝にしても、特に話したいことはなかった。

静かな部屋に食器の音だけが小さく響く。

「お茶、淹れる」

結局、食事が終わるまでなにも話さず、茶で夕飯を締めくくった。久遠が薬を飲むのを見届けてから、寝室に追いやる。

夕飯の片づけを終えたあとで和孝も久遠のもとへ向かった。

久遠は案の定、横になっておらず、ベッドに腰かけて退屈そうにまた雑誌のページを捲っていた。不動清和会の記事も載っているようだが興味がないのか、手持ち無沙汰な様子だ。

「添い寝」

照れ臭さをごまかすためにぶっきらぼうに言い放った和孝は、先にベッドに横になった。上掛けを捲り、隣をぽんと叩いて促すと、サイドボードに雑誌を放った久遠が倣う。

「子守唄が厭なら、物語でも話そうか？」

これも冗談だったのだが、いいなと久遠が笑った。

「じゃあ、気の毒な男の話をしよう」

悪戯心《いたずらごころ》が湧いてそう前置きしてから、口火を切る。

「十七歳で人生が決まってしまった男の話。家出をした彼は、ある雨の日に、とある男に声をかけられるんだ」

くすりと笑って先を紡いでいく。慣れない姿勢に居心地が悪かったのは最初だけで、久遠の髪を撫でながら話をしているうちに愉しくなってきた。

「若気の至りというのは誰でもあるけど、彼も同じ。危険を察知していたくせに、男についていく。きっと自棄になっていたんだな」

「無鉄砲な性分なんだろう」

久遠が口を挟んできたので、しっと唇に人差し指を押し当てた。

「黙ってて」

出会った頃の心境。息がつまるような生活。逃げ出したときの記憶。そして、七年後に再会したあの瞬間。

久遠の隣で、他人事《ひとごと》のように言葉を重ねながら、和孝は久遠への想いを再確認していく。

十代で運命の決まった彼は気の毒だが、同時に幸運でもあった。だから、もう一度やり直せたとしても必ず同じ選択をして同じ物語になるだろう。

それだけは確信していた。

5

男と対峙《たいじ》した上総《かずさ》は、渋面《じゅうめん》で眼鏡の蔓《つる》を押し上げた。いったい冷静な判断というものがこの男にできるのか——代議士の秘書をしていた過去もあるはずなのに、あまりにも軽率だと思わざるを得ない。

浅慮とは、谷崎《たにざき》のためにある言葉のようだった。

「心配したんだ。どうしてすぐに連絡をくれなかった？　電話にもなかなか出てくれないから、俺は上総の身になにかあったんじゃないかと心配で心配で」

「キャバクラ通いで忙しいと聞いたが」

不用意にもほどがあると、不快感をあらわにする。実際のところうんざりしていたし、責める気持ちもあった。

「谷崎」

ノーネクタイでカジュアルな上着を身に着けている谷崎は、当然だが、代議士の秘書時代よりリラックスして見える。一方で、当時より強《したた》かさが垣間《かいま》見えるのは、故意にそうしているのだろう。

谷崎の経歴には傷がついた。前科者というレッテルもある。だが、谷崎が祖父江《そふえ》議員の身代わりになったことは、政界の人間なら誰しもが認識していると聞く。あの事件で損をしたのは直後の選挙で落選してしまった祖父江のほうで、結果的に谷崎の株は上がっていた。

谷崎が当初から計算ずくだったとは思わないものの、頭の隅にはその心算《こころづもり》もあったはずだ。昔から谷崎は、そういう男だった。

「なぜここに来たのか理由は聞かない。すぐに帰ってくれ」

応接室に通すべきではなかった。できるだけ他人の目に触れないよう、という上総なりの配慮だが、早まったと後悔する。

当人はいたって暢気《のんき》な様子でソファに腰かけ、脚を組み替えた。

「だから、心配してたって言っただろう。ニュースを見たときは我が目を疑ったよ」

心配しているというのが、たとえ本心からだとしても、やはり浅慮にはちがいない。組事務所にのこのこやってくるなど、政治の世界に身を置く人間のやることではなかった。

「で？　久遠《くどう》さんはどこかで療養中？　どうせ樟陽《しょうよう》病院にはいないんだろ？　まあ、おまえの顔を見る限り、あのひとが無事だってことは想像つくが」

谷崎のことだ。人脈を使って調べたにちがいない。否定してもどうせ言葉遊びも同然にしてしまうのは目に見えているので、無駄を省くために黙って受け流す。

「よかったじゃないか。大事な大事な木島《きじま》組と久遠さんが無事で」

含みのある言い方は故意に決まっている。大方、ニュースで知ったという事実が面白くないのだ。昔から谷崎は、気に入らないことがあると嫌みを口にする。

「そうだな」

上総はあえて肯定した。

「俺には、人生をかけた大博打《おおばくち》みたいなものだ。うちの組長になにかあったら、その場で負けが決まる」

この発言もどうやらお気に召さなかったらしい。不機嫌さを隠そうともせず、谷崎は鼻に皺《しわ》を寄せた。

「俺の前でよく言う。惚気《のろけ》に聞こえて面白くない」

ふいと顔を背ける子どもっぽい仕種を前にして、ソファから腰を上げた上総は、ドアを示した。

「おまえ、再就職先が見つかりそうだと言ってなかったか？　やくざと関《かか》わりがあると知られておまえが職を失うのは勝手だが、先方に迷惑がかかったらどうする」

よかれと思っての忠告だったが、谷崎は他人の好意をも平気で無にする。たったいままで不機嫌だったのに、今度は嬉《うれ》しそうに頬《ほお》を緩めた。

「なんだ。心配してくれるのか」

まともに相手をするのが馬鹿《ばか》らしくなってくる。

「帰ってくれ」

話は終わりだ。一言で上総は先にドアへ足を向けた。

「まあ、待てって。本当に心配したんだ。それに、今度秘書として雇ってくれる相手は、俺がおまえとつき合いがあるっていうのも承知だし、なにかあったときの言い訳もちゃんと用意してある。だいたい、多少のことじゃびくともしないくらい大物だ」

谷崎の口上を背中で聞く。

嘘《うそ》ではないのだろう。上総が聞き及んでいる相手なら谷崎の言葉どおり大物だし、やくざのひとりやふたり過去に関わっていても対処するだけの力はあるにちがいない。

そういう相手に才を買われたならなおのこと、谷崎は慎重になるべきだ。

「間違えるな。つき合いが『ある』じゃなく、『あった』だ」

訂正した上総に、谷崎がため息をつく。

「細かいこと言うなって」

上総は、肩越しに冷ややかな視線を投げかけた。

「誤りを正しただけだ」

やはり軽薄な物言いは故意だったようで、目が合うとへらへらした頬を引き締める。かと思えば、意味深長に瞳《ひとみ》を輝かせた。

「おまえが俺とのつき合いを絶ちたいっていうなら、そうしてもいい。いままでだって、お互い電話一本しなかったんだ」

いったいなにを言うつもりなのか。どうせろくでもないことだろう。

その予感は、直後的中した。

「おまえがキスしてくれたら、残りの人生、二度と関わらないと約束してやるよ」

にっと唇を左右に引いた谷崎には、最早腹も立たない。ただ呆《あき》れるばかりだ。他の人間が同じ台詞《せりふ》を言ったなら、馬鹿らしいと一蹴《いっしゅう》できるが、谷崎だからできない。本気で言っているとわかるからだ。

「なんだよ、キスひとつで言うことを聞くっていうんだから安いもんじゃないか。昔は、俺と一勝負打って出ようと考えたことだってあるだろう」

「――――」

いちいち過去を持ち出しても無意味なことくらい、谷崎は百も承知のはずだ。それでもなお持ち出してくる理由など、知りたくもなかった。

「そうだな」

上総は半身を返し、ふたたび谷崎に向き直った。

「どうやら暇なようだから、おまえに仕事を頼みたい。うまくやり遂げたら、いまの取り引きに応じてもいい」

どっちを選んでも構わなかった。

谷崎は、両目をぐるりと回した。

「けど、それじゃあ、俺の条件が悪くなってるじゃないか。キスひとつで使われたあげくおまえと会えなくなるってことだろ？　どう考えても割に合わない」

不満げに鼻を鳴らした谷崎に、上総はネクタイに手をやり、整えながら釘《くぎ》を刺した。

「おまえ、俺がやくざだっていうのを忘れてないか。おまえとつき合いを絶つのに、本来交換条件なんか必要ない。部下に一言、おまえの顔を見たくないと命じればすむ」

ふっと嗤《わら》ってやると、三十代も半ばになろうという男が可愛《かわい》くもない唇を突きだした。

「うわ～、怖いな。なんだよ、その脅《おど》し。おまえ、ちょっと会わない間にすっかりやらしいやくざになりやがって」

拗《す》ねた顔をしつつ、どこか愉《たの》しげにも見える。どちらも谷崎の本音なのだろう。谷崎の心情は、厭《いや》になるくらい伝わってくる。

酔狂な男だと心中で返した上総は、谷崎に背を向けた。

「ここで待ってろ」

一言残し、ドアを開けて応接室を出た。

「いつまでも待ってるよ」

にこやかに手を振る谷崎を無視してドアを閉め、その足で事務所に向かう。

事務所の隅でゴルフのスイングをしながら、組員と談笑している若頭補佐の有坂《ありさか》を見つけた。襲撃事件のあと、沈みがちになる組を守り立てようと、有坂は頻繁に組事務所に顔を出しては若い組員に声をかけていた。

「頭《かしら》」

寄ってきた有坂に、指示を出す。

「応接室で男が待っているから、宅配の役目を彼にやらせてくれ」

詳細を伝えた上総には、久遠不在の穴を埋めるためにやるべき仕事がやまほどあった。

「組のモンじゃないんでしょう？　大丈夫ですかね」

有坂が疑念を口にして初めて、それが当然の反応だと上総も気づく。谷崎に対してわずかの疑いも持たない自分もやはり酔狂だということか。

「大丈夫だ」

有坂の肩に手を置いた。

「彼は信用できる。口外しない」

有坂が頷《うなず》くのを見届けると、上総自身はエレベーターに向かう。応接室で待っているだろう谷崎の存在を頭から追い出したあとは、自分の仕事だけに意識を向けた。

インターホンで訪問者を確認した和孝《かずたか》は、一瞬、他人の空似かと疑った。けれど、何度確認しても本人らしかった。

急いで玄関に出てみると、キャップを目深《まぶか》に被り宅配業者の格好をした谷崎が段ボール箱を二箱重ねて抱えて立っていた。

「……どうしたんですか?」

まさか転職したわけではないだろう。面食らう和孝に、険しい表情をした谷崎が二の腕を痙攣《けいれん》させる。

「とりあえず荷物下ろさせてくれないか。俺、基本的に頭脳派だから腕力はないんだよ」

「あ、ここに」

ドアから身を退《ひ》き、床を示す。そこへ荷物を下ろすと、よほどこたえたのかキャップを取った谷崎は額にうっすら滲《にじ》んだ汗を袖口《そでぐち》で拭《ぬぐ》った。

「上総の指示。組員が出入りするより、目立たないだろ?」

それはそうだ。組員が出入りすれば目立つに決まっている。上総の指示だというが、組員以外で、久遠の居場所を口外しない男となれば——谷崎はまさに適役だった。

「——にしても、お忙しかったでしょうに、すみません」

新たな仕事が決まったと聞いている。無職の頃のように暇を持て余しているわけではないはずだ。

頭を下げた和孝に、はあと吐息とともに肩を落とした。

「そう言ってもらえると嬉しいよ。上総ときたら、礼どころか脅しをかけてくるんだぞ」

どんな脅しをかけられたのか知らないが、その場面が容易《たやす》く目に浮かぶ。信頼しているからこそ上総は谷崎を選んだのだろう。

苦笑した和孝に、谷崎がなおもぽつりと漏らす。

「まあ、上総の頼みを聞けるのも最後になるかもしれないしな」

どうやらこちらは和孝に聞かせたい愚痴とはちがったようだ。谷崎を窺《うかが》うと、明らかにはぐらかされた。

「それで、久遠さんの容体はどう？」

和孝も気づかったふりをする。以前、谷崎の後悔を聞いたことがあるだけに、口出しする気にはならなかった。

「回復力ハンパないですよ。あのひと、たぶん普通のひととはちがう細胞持ってるんだと思います」

実際、一週間ほどで久遠の怪我《けが》は見る間によくなっていった。あと数日もたてば、和孝の手を必要としなくなるだろう。

昨日、久遠が無事だという事実は、療養先を伏せられたまま公にされた。死んだのではないかと不穏な噂《うわさ》が回ると、木島《きじま》組としても不動清和会《ふどうせいわかい》としても不都合だからだ。

一時は命の危ぶまれた男がじつは病院にも入っていなかったと知った周囲は、現在、他の噂で持ちきりらしい。久遠は療養しているわけではなく、なにか企んでいるのではないか——憶測が憶測を呼び、組内外が緊張状態にあるおかげでみなが牽制《けんせい》し合って動けない状況にあるという。

木島組にしてみれば、計算どおりの展開だった。

「柚木《ゆぎ》くんの完全看護が効いてるんじゃない？　朝から晩までずっとふたりで一緒にいるんだろ？」

にやにやとされて、頬が赤らみそうになる。久遠と和孝の関係を知る者はいても、あからさまに揶揄《やゆ》してくる人間は谷崎だけなので、対処に慣れていないのだ。

「羨《うらや》ましいな。病気や怪我のときにつきっきりで看病してもらえるなんて、最高だよ」

「家政婦みたいなものです」

言葉尻《ことばじり》に被さる勢いで、そっけなく返す。またなにか言われる前にと、谷崎を中へと誘った。

「コーヒーでも飲んでいってください」

谷崎はキャップを被り直した。

「嬉しいけど、上総が怖いからやめておこう」

両手で肩を抱き、震える真似まですると、

「俺もそろそろ身を固めるか」

冗談とも本気ともとれないことを言って帰っていった。玄関で谷崎を見送ったあと、和孝は段ボール箱の前にしゃがむ。

ひとつは食材で、もうひとつは着替え等の必需品が入っている。早速梱包《こんぽう》を解《と》きにかかったとき、久遠が玄関に顔を出した。

「彼は帰ったのか」

久遠は谷崎を快く思っていない。双方にとって無益なつき合いだという認識らしいが、なにより、谷崎と関わることにより和孝がよけいな面倒に巻き込まれる事態を危惧《きぐ》しているようだった。

「よかった。ちょうど切れたところなんだ」

手にした醤油《しょうゆ》を久遠に向かって掲げる。

和孝自身は、谷崎という第三者の訪問に違和感を抱いていた。そんな自分に驚くと同時に、戸惑ってもいる。

伊塚《いづか》とは頻繁に顔を合わせるが、彼とはちがう。伊塚は、言わば当事者だ。外の生活を思い出させる谷崎の存在は、和孝を複雑な気持ちにさせた。

現実を持ち込まれた気がしたのだ。

心のどこかでいまの生活が続くことを願っているのかもしれない。久遠との生活は、和孝にとってまさに「自分たちのことを誰も知らず、誰にも邪魔されない場所」だったらしい。

それを自覚したからこその戸惑いだった。

馬鹿みたいだと自分に呆れつつ、食料品の入った段ボール箱を抱えてキッチンへ足を向ける。

「こっちは寝室か?」

残った衣類入りの段ボール箱を抱えようとした久遠を、肩越しに制止した。

「やめろよ。せっかく順調に回復しているのに、傷口が開いたらどうするんだ」

わざと冷たい言い方をしたのも、戸惑いが尾を引いているせいだったが、和孝の気も知らず、久遠は右手と自身の身体を使って段ボール箱を運んでいく。

「リハビリだ」

久遠の後ろ姿を見送りながら、和孝はまた複雑な心境になった。久遠の姿に、この生活の終わりが近いことを悟ったのだ。

久遠から視線を背けるとひとりキッチンに入る。

調味料と食材をしまっていると、久遠もキッチンに顔を出した。

「手伝うか?」

近くに歩み寄ってきた久遠に、和孝は首を左右に振った。

「すぐすむからいい。これ終わったら、コーヒー淹《い》れるから座ってなよ」

背中を向けたままの和孝をどう思ったのか、久遠は和孝の隣に立つ。

「だから、手伝わなくていいって」

棚に手を伸ばしたとき、久遠の右腕が腰に回った。どきりとして身体《からだ》を退いたが、いっそう引き寄せられる。

「……なんだよ」

片づけの邪魔だと横目で睨《にら》んでも、久遠は腕を離すどころか首筋に口づけてくる。

「リハビリ」

言葉とともにうなじに吐息が触れただけで胸をときめかせるような自分では、抗《あらが》ったところで説得力は皆無だ。

「そんなの……必要ないだろ」

和孝の腰に押し当てられている久遠のものは硬い。いったいどこでスイッチが入ったのか知らないが、久遠に仕掛けられて冷静を保つのは難しかった。

耳朶《みみたぶ》に歯を立てられて、とうとう和孝は声を漏らした。

「なら、どう言えばいい？　おまえが好きな言い方を選んでいい」

「…………」

久遠がこんな誘い方をするのはめずらしい。いや、そもそもいつも流れで寝ている自分たちの間に誘い文句なんて存在しないので、選んでいいと言われてもどう返せばいいのかわかるはずがなかった。

「和孝」

耳元で囁《ささや》くように名前を呼ばれて、和孝は舌打ちをした。

久遠の望むとおりになっているという自覚はあるものの、そうする理由は和孝自身が誰よりわかっている。

あきらめて、久遠の首に両腕を回した。

「なにもいらない——あんたが、俺としたいなら」

事実、言葉が必要なわけではなかった。口数の少ない久遠の想《おも》いは、いまの和孝には十分伝わっている。言葉ではなく、行動や些《さ》細《さい》な表情の変化で伝えてくれる久遠の愛情表現が、和孝は好きだ。

自分から顔を近づけ、久遠の唇を舌先で舐《な》める。十分な休養が取れているからだろう、あれほどかさついていたのに、いまは滑らかだ。何度も舐めていると、久遠が唐突に身体を退いた。

離れてしまったのではない。和孝の腕を摑《つか》み、寝室へ連れていくためだ。行動は急《せ》いていたが、扱いは優しかった。

寝室に入ると、和孝から積極的に仕掛ける。久遠をベッドに寝転がし、大腿《だいたい》を跨《また》いで上から見下ろした。

「俺の返事を聞かなくていいのか？」

いまさらそんなことを言い出した久遠のシャツを、構わず開く。釦《ボタン》を外して大きな絆創膏《ばんそうこう》の貼《は》られた胸をあらわにしてから、和孝は目を細めた。

「聞く必要ない。俺がしたいから、する」

これ以上我慢させられるのはごめんだ。自分のスエットを頭から抜くと、床に放った。身を屈《かが》めて久遠に口づけているうち、どうしようもないほど昂《たかぶ》ってくる。顎《あご》や喉《のど》にもキスをしながら、両手を下肢へとやった。

和孝が触れる前から久遠のものは硬くそそり立っていて、それがなおさら和孝をたまらない気持ちにさせる。

ウエストから手を入れ、久遠のものに直接触れる。

「すご……」

すでに先端には蜜《みつ》が滲み、和孝の手に反応していっそう質量を増した。久遠を愉しませるために包み込み、十本の指を使って愛撫《あいぶ》していく。が、すぐにそれどころではなくなった。

久遠の手が和孝の腰を掴み、自身に引き寄せたからだ。布越しの刺激であっても、長い禁欲生活を強《し》いられていた身では十分な刺激になる。

た。

「うあ……んっ」

思わず声を漏らすと、上半身をベッドから起こした久遠が和孝のうなじに歯を立ててきた。

「我慢がきかない。すぐやらせろ」

熱い吐息とともに求めてきた久遠は、言うが早いか実行に移す。和孝のスエットのパンツと下着を毟《むし》り取《と》る勢いで脱がせてしまうと、勃《た》ち上《あ》がった性器には見向きもせずに後ろを割ってくる。

「あ――」

狭間《はざま》に伝わるとろりとした液体の感触に、反射的に身体が固まる。宥《なだ》めるように久遠は首筋から肩へと唇を滑らせる傍《かたわ》ら、ゆっくりと入り口を開いていった。

「……んで、こんなの」

いったいどこから出てきたのか、ベッドの上に潤滑剤とコンドームが準備してある。浅い呼吸をくり返し、少しずつ馴染《なじ》んでいく液体を意識しながら、潤んだ目で久遠に問うた。

久遠は、コテージから一歩も出ていないはずだ。

「俺が頼んだ」

久遠が段ボール箱に視線を流す。箱の蓋《ふた》は開けられていて、中から衣類が覗《のぞ》いていた。

「……嘘だろ」

　驚くのは当然だ。頼んだというからには上総にだろうが——俄《にわか》には信じられずに和孝は顔を赤らめた。

「あ……んたに羞恥心《しゅうちしん》は、ないのかっ」

　よくも頼めたものだと、恥ずかしさのあまり身体を退こうとしたものの許されない。まるで小動物か子どもでもあやすかのごとく耳に唇をくっつけると、悪かったと心にもない謝罪を口にしてくる。

「ぜんぜん……っ、悪いと思ってない、くせに」

　指が中に挿《はい》ってきて、咄嗟《とっさ》に歯を食い縛る。久々の行為であっても、慣らされた身体は和孝の意思を無視して久遠に従う。

「しょうがない」

　案の定、反省の欠片《かけら》もない返事をした久遠は、欲望に濡《ぬ》れた上目で和孝を見つめてきた。

「言っただろう。我慢がきかなかった」

「——」

　ずるい男だ。久遠は、どう言えば和孝が折れるか熟知しているのだ。

　この程度でどうでもよくなる自分も自分だと呆れる一方、すんでしまったことで責めても意味がないとあきらめる。

「俺に恥をかかせた責任、とれよな」

久遠を睨んだ和孝は、腰を浮かせてその手をコンドームに伸ばした。箱から中身を出し、封を切って久遠自身に被せる。

「使い切っていいという意味か？」

都合のいいように受け取った久遠が、和孝の身体に右腕を回した。

「ちがうに決まってるだろ」

口では反論しても、焦《じ》らす気はなかった。手を添える必要がないほど硬い久遠の先端を入り口に押し当て、そこから先は身を委ねた。

「ん……」

久遠は何度も口づけながら、和孝を自身に引き寄せる。身体が憶《おぼ》えているやり方で少しずつ和孝は受け入れていく。

肉を割り、中を抉《えぐ》ってくる熱をまざまざと感じながら、久遠の生が身体じゅうに満ちていくような錯覚に囚《とら》われた。

「――和孝」

囁くように名前を呼ばれ、睫毛《まつげ》を舌先で舐め取られて、自分が涙ぐんでいることに気づく。

「……久々、だから」

行為のせいで生理的な涙が滲んだのだと言い訳をした和孝だったが、きっと久遠にはばれてしまっているのだろう。

生きていてくれてよかった。また抱き合えることが素直に嬉しかった。

性急に繋《つな》がったわりに、久遠は急がない。和孝を抱き寄せると、髪や額、瞼《まぶた》、鼻先に唇を触れさせてくる。

優しくされるとなおさら感情が堪《こら》えられなくなりそうで、顔をしかめた和孝は久遠の背中に抱きつくと、自分から腰をくねらせて誘った。

喉で呻《うめ》いた久遠が、下から突き上げてくる。いったん始めると喋《しゃべ》る余裕などなくなり、互いの吐息を奪うように口づけを交わしながら快感を共有した。

室内に響くのは、獣じみた呼吸音と接合部が立てる濡れた音。時折こぼれる、甘い声。

それらを夢中で追いかけ、あっという間に頂点に押し上げられる。

「う……ぁう」

久遠の腹に自身を擦《こす》りつけると、和孝は極みの声を上げた。自然に内壁が久遠をきつく締めつける間も、和孝は射精する。

自慰ではとても味わえないクライマックスは凄《すさ》まじく、自分でも驚くほどの量を吐き出した。

「や、あ……久……っ」

いっそう膨らんだ久遠が強引に体内を抉ってきた。これまで以上に深い場所に挿ってきてから、和孝の中に思うさま絶頂を叩《たた》きつける。

「あぁ」

膜越しの射精にも感じて身体が震える。肌に触れる空気にすら敏感になり、心地よさに陶然とする。

四肢の力を抜いた和孝はベッドに寝かせられた。絶頂の余韻に浸っていると、久遠は間を置かずに二個めのコンドームを使った。

「……んだよ」

とろりとした思考の中で久遠を見つめ、くすっと笑う。

「マジで、使い切ろうって？」

冗談のつもりだったのに、腰の下に枕を据えられ、腰が浮く。まだ久遠の左腕はちゃんと動かせないので、右脚は和孝が自分で抱えなければならなかった。

「そう言っただろう」

「だから、それはあんたが——ぅん」

敏感な場所に正常位で挿入されて、明らかに濡れた声が出た。一度目で久遠の形を覚えさせられてしまった内側をなんなく奥まで満たした久遠は、満足げに息をついた。

「厭なら抗え」

「あ、うぅ……」

じわりと腰を使われて、すぐにまた快感に支配される。自由な左手で自身を握った和孝は、久遠の動きに合わせて慰めた。

こんな調子で抗えなんて言われたところで実行できるはずがない。散々あられもない姿を見られてきたのだから、なにもかもいまさらだ。

ぐっと身体を倒してきた久遠が、和孝の胸に吸いついた。

「や……あぁ……」

胸と性器、後ろが同時に刺激されると、濡れた声が抑えられなくなる。

「い、い……あ、あ」

平静時だったならとても聞いていられない恥ずかしい声だが、いまは平静ではないので本能に任せて声を上げた。

「も、いく」

訴えた和孝は自身を激しく擦り立てる。けれど、その手を久遠が外させた。

「こらえろ」

「……やぁ」

噛《か》みつくようなキスをしてきた久遠に抗議の意味を込めてかぶりを振ったが、無理やり舌に歯を立てられる。

「抗うな」

さっきは厭なら抗えと言ったくせに、結局自分の好きにして、和孝を泣かせにかかる。

「や、うぅ……いや、ぁ」

過剰な愉悦に、久遠を責めようにも言葉にならない。

「い、あうっ」

仰《の》け反《ぞ》った途端、肌も体内も痙攣《けいれん》させながら後ろだけで強制的に射精させられた。震える先端から蜜が滴る。

「あぁぁ」

ぽろぽろと雫《しずく》がこめかみを伝わった。

「おまえは——中でいくと、何度も俺を欲しがる」

だろう？　と耳打ちされて、背筋が痺《しび》れた。

故意だとわかったところで和孝にできることはない。久遠の望むとおり乱れるだけだった。

「三つ目、使うか？」

そそのかすように問われ、とろりとした思考の中で和孝は久遠を見つめた。

まだ足りない。身体の奥にある欲望の火はまだくすぶっている。けれど、そればかりで

はないと久遠は気づいているだろうか。

何度抱き合おうと、口ではどれだけ不満を並べようとも、久遠との行為をやめたいなんて一度として思ったことがないのだ、と。

「あんたが……欲しいよ」

抱き合えて、どれだけ幸福か。

和孝は、自分から脚を開いて久遠を誘う。

いっそこのままふたりで閉じこもってしまいたい。そんな夢物語のような考えが頭を掠《かす》めて、嗤笑《ししょう》する。

できるわけがない。終わってしまえば、きっと久遠は帰ろうと言うつもりだろう。和孝にしても、現実の暮らしが待っている。久遠が背負った荷を捨てられないように、和孝にも捨てられない多くのものがある。

でも、いまくらい夢を見ても許されるはずだ。

「久遠さん――」

互いのぬくもりを感じたくて、きつく抱き合う。

久遠を受け入れながら、和孝は束の間の夢物語に浸った。

6

診療所まで和孝《かずたか》を送ったあと、久しぶりに事務所に戻った久遠《くどう》は、みなの歓迎を受ける。若い組員の中にはすすり泣く者もいて、組織のトップとしてではなく親のような心地を味わった。

「世話をかけたな」

組員に声をかけてから、上総《かずさ》とともに事務所を出るとエントランスを歩く。エレベーターの扉を開けて待っていたのは、若頭補佐の有坂《ありさか》だった。

「本当によかったです」

久遠より年嵩《としかさ》の有坂が厳《いか》つい顔に似合わず涙ぐむ姿を前にして、小刻みに震えている厚い肩に手を置いた。

「伊塚《いづか》のおかげで助かった。おまえからも礼を言っておいてくれ」

有坂が誇らしげな顔で洟《はな》をすする。

久遠も労《ねぎら》いを形で示していたが、有坂の褒《ほ》め言葉のほうが伊塚も素直に喜べるにちがいない。

「はい」

一礼した有坂の傍《そば》を通り抜け、エレベーターに乗る。エレベーター内では黙っていた上総が、室内に入ってから口を開いた。

「あなたが戻ってくれたので、今日から私も熟睡できます」

冗談でも大袈裟《おおげさ》でもないだろう。久遠が留守の間、上総の肩にかかっていた重圧は計り知れない。

「すまなかった」

詫《わ》びを口にすると、普段は怜悧《れいり》な印象のみの面差しに影が差した。

「あなたの身にもしものことがあったら——私は、あなたと自分を許せませんでした」

強張《こわば》った頬《ほお》に上総の心情が見て取れる。久遠は、スーツの上から傷痕《きずあと》のある左胸をひと撫《な》でした。

「恨まれずにすんでよかった」

久遠の軽口に、眼鏡の奥の瞳《ひとみ》が微《かす》かにやわらぐ。

「おかえりなさい」

深く腰を折った上総へ、ああ、と一言答えてデスクについた。

「どうなってる?」

襲撃事件については上総に一任していた。電話でひととおり経緯《いきさつ》を聞いていたが、最終的な報告はまだ受けていなかった。

「うちを襲撃してきた男ですが、組には所属していないものの、やはり斉藤《さいとう》組の息のかかったチンピラでした。先だっての斉藤組への襲撃事件が木島《きじま》の仕業という噂《うわさ》を鵜呑《うの》みにして、報復を企《くわだ》てたようです。残念ながらふたりはあの場で命を落としたので、残ったひとりから聞きだしましたが——男の処分はどうしますか？」

ライターを手の中で遊ばせつつ、久遠は思案するふうを装う。実際は、考えるまでもなかった。

「おまえに任せる」

選択の余地はない。襲撃者のうちふたりが木島組の者によって命を落としている以上、残った男を解放するわけにはいかなかった。

「植草《うえくさ》さんは、白を切るだろうがな」

植草に確認するつもりはない。答えはわかりきっているのだから、聞くだけ無駄だ。

上総が冷ややかに鼻で笑った。

「今回のことを植草さんが知っていようといまいと関係ないでしょう」

「ちがいない」

斉藤組を襲撃したのは、三島《みしま》の企てだと久遠は考えている。あわよくば植草と久遠が潰《つぶ》し合《あ》えばいいと、三島にとっては石ころを投げるも同然の軽い気持ちだったのだろう。まんまとのって踊らされたのは、植草なので同情はしない。が、三島がこのまま部外者然としているのは、おさまりが悪かった。

「うちはうちのやり方を通させてもらおうか」

久遠は煙草《たばこ》をデスクで弾くと、受話器を取り上げた。三島に繋《つな》いでもらうまで五分を要したため、一本吸い終え、二本目に火をつけた。

『おまえ、無事でよかったじゃねえか』

開口一番の台詞《せりふ》には、腹の中で失笑した。

「ええ、おかげでこうして戻ってきたので、三島さんに報告がてら電話させてもらいました」

『災難だったなあ。それにしても、おまえんとこにカチコミかけたのが誰だか、わかったのか？　もしものことがあったら、俺も黙っちゃいねえところだった』

三島はこの状況を愉《たの》しんでいる。ソファでふんぞり返っている様が容易に想像できる。自分の引いた図面どおりに転がっているのだから、愉しいのは当然だ。

「三島さんがそれほど俺を案じてくれていたとは知りませんでした」

『冷たいこと言ってくれるじゃねえか。俺は、初めっからおまえには目をかけてたんだ。信じないかもしれねえが、おまえが幹部になるときだって、俺は反対しなかったんだぜ？』

茶番だな、と心中で嗤《わら》う。だが、必要とあればどこまでも茶番につき合うつもりだった。

「ありがとうございます」

久遠が礼を言うと、三島が声音を変えた。

『それはそうと、本題はなんだ？　報告がてらって言ったからには、本題があるんだろう？』

三島から問われ、久遠はいったん煙草を灰皿に置く。三島とはちがい、回りくどいやり方は不得手なので、ストレートに切り出した。

「うちへの襲撃ですが、どうやら植草さんが後ろで糸を引いていたようですね。植草さんとしてはうちへの報復のつもりだったんでしょうが、痛くもない腹を探られたあげく、実害までこうむったんじゃ、俺も黙っていられません」

ふうん、とまるで他人事《ひとごと》のような相槌《あいづち》が返る。

「とはいえ、この時期に表立って動くわけにはいかないので、三島さんに協力してもらいたいのですが」

自分にとって得になるか損になるか、三島はいま頭を巡らせているにちがいない。強《したた》かな男は、よほどの餌《えさ》がなければ自ら火の粉をかぶるような真似はしないはずだ。

『おいおい。おまえに協力するのは構わねえが、俺を巻き込むからにはなにかメリットがあるんだろうな』

早速探りを入れてきた三島に、ええと久遠は答えた。

「四代目の座。植草さんさえ降りてくれたら、俺は三島さんのケツを持つつもりです」

入り札なしで四代目の座を手に入れられるなら、三島の利は大きい。二万人を擁する不《ふ》動清和会《どうせいわかい》が、一斉に同じ方向を向くのだ。

四代目就任の後始末の必要がないのだから、これほど楽なことはない。三島にはなによりのメリットだ。

数秒の沈黙の後、三島がふたたび口を開いた。

『俺はおまえを買っちゃいるが、信じてないんでね。いま、あえて危ない橋を渡る気はねえな』

断られるのは予測済みだった。久遠は、いざというときのためにしまっておいたジョーカーを切る。

「残念です。俺も、三島さんには親近感を抱いていたんですが——同じ、一般家庭の出自同士」

『……おまえ』

三島の喉《のど》が鳴った。

苦労して三島が久遠の過去を洗っていたのと同じように、久遠も手を尽くして三島の過去を調べさせていた。

三島の中学以前の経歴が不明なのは、本人が消したからだ。消すには消すだけの理由がある。三島の父親は元警察庁の幹部で、母親はその愛人だった。幼い頃養子に出されたらしいので、いまとなっては知る者はおそらくいない。

『俺を脅《おど》すと、高いツケを払うはめになるぞ』

低い声で恫喝《どうかつ》してくる。口先だけではなく、本気で木島組に戦争をしかけるくらいの策はとるだろうと窺《うかが》わせる、刃物のような声だ。普段は喜怒哀楽のはっきりした豪快な男を演じているが、本来の三島はそうではない。

「脅すつもりなら、あなたにも退《ひ》いてもらって自分が四代目の座につきます」

誰にでも触れられたくない聖域はある。三島もそうだし、久遠もだ。

『面白くねえな。植草より先におまえを潰すか』

はっと勢いよく吐いた息すら、久遠に対する憤《いきどお》りが伝わってくる。

実際、電話の向こうで三島の顔は怒りに歪《ゆが》んでいるだろう。

三島をけしかけることは、久遠にとっても賭《か》けだ。三島が自分の利益以上に、不動清和会の利益を重んじる男だという確信があるからこその賭けだった。

「植草さんが相手じゃ、どちらが四代目になったところでとことん縺《もつ》れるでしょう」

三島が口を噤《つぐ》む。それも一瞬で、すぐにふんと鼻を鳴らした。

『食えねえ男だな。おとなしくおまえらで潰し合ってればよかったものを』

吐き捨てるようにそう言ったあと、久遠が聞きたかった答えが返ってきた。

『今回はおまえの話にのってやる』

久遠は灰皿の煙草に手を伸ばし、灰を落としてから銜《くわ》え、煙を大きく吸い込んだ。

「ありがとうございます」

丁重に礼を述べると、三島はまた普段の口調に戻る。世の中を斜めに見ているような雰囲気を漂わせて、声を落とした。

『礼を言うには早いかもしれねえぞ。なんて言ったか——ああ、そうだ、ＢＭ《ビーエム》。ＢＭの兄ちゃんは元気か？　男にしておくにはもったいないくらい別嬪《べっぴん》だったが、あの兄ちゃんに俺が手を出したら、久遠、おまえどう出る？』

どう出るもなにも、いま口に出した時点で脅しですらない。実際、語尾には揶揄《やゆ》が含まれていた。

久遠は立ち昇る煙を目で追いかけながら、

「困りましたね」

と一言答えた。

『なるほど。あれがおまえの弱点か』

弱点という言い方が正しいのかどうかはわからない。だが、ひとつだけはっきりしている。

「俺に残った、唯一の良心です」

やくざの世界に半身まで浸《つ》かり、間近で見ながら、いまだ普通であり続けようとする和孝は久遠にとって特別な存在であるのは確かだ。替えがきかないという意味では、まさしく「弱点」なのだろう。

『おまえの良心に免じて、俺を脅したことは忘れてやるよ』

三島は、その言葉を最後に電話を切った。

受話器を置いた久遠は、ドアの前に控えていた上総に向かって頷《うなず》く。一礼して上総が出ていったので、オフィスには久遠ひとりになった。

デスクの抽斗《ひきだし》から写真を取り出した久遠は、銜え煙草でライターを手にした。三島から受け取った山野正一《やまのしょういち》と植草の写った写真に火をつけて、灰皿に放り込む。

灰皿の中で燃える写真を眺めながら、ほんのわずか胸にくすぶっていた感情を綺麗《きれい》さっぱり捨てた。

同時に、記憶の中にある父母の死に顔も消す。

いまの久遠には、不要なものだった。

初夏の月を仰ぎ見る。上空には雲ひとつなく、月明かりは地上を優しく照らしている。

「やはりBMは特別だね」

見送りに出た和孝とともに月を見上げて、客がほほ笑んだ。

「ありがとうございます」

二ヵ月にわたり休業を余儀なくされたBMは、先週、無事再開となった。会員は一様に喜んでくれ、競うように高価な祝いの品や花を贈ってきた。

だが、誰より喜んでいるのは自分だと和孝は思っている。水を得た魚だねと宮原《みやはら》にからかわれたほどだ。

ブルームーンという単語にはふたつの意味があると聞く。ひとつは、一ヵ月の間の二度目の満月を、もうひとつは、文字どおり蒼《あお》く見える月のことをいうらしい。

後者のほうがめずらしいようだが、BMがどちらの意味でつけられたのか和孝は知らない。じつのところ、BMをブルームーンと呼ぶ者も皆無だ。宮原を始め、スタッフも会員も、みな愛着を込めて『BM』と呼んでいる。

それでも、和孝にとってBMと月は切っても切り離せないものだった。この数年、何百回、何千回と同じ場所から夜空を見上げてきたのだから。

客が帰っていくと、ドアマンである津守《つもり》、サブマネージャーと案内係に声をかけてオフィスに戻る。

小さく響く、自分の硬質な靴音を耳にしながら通路を歩くこの瞬間が和孝には至福の時間だった。

オフィスのドアを開けると、そこには宮原が待っていた。ソファに腰かけた宮原は他に気を取られていて、和孝が入ってきたときもそちらに集中していた。

宮原の意識を奪っているのがなんであるか、すぐに和孝も悟る。

テレビのニュースだ。

『不動清和会の四代目、三島辰也《たつや》の襲名式が行われたもようです。集まった人数も式の規模も三代目のときを凌《しの》ぐものだったようですが――』

キャスターが報じ、コメンテーターが意見を述べる。

『暴対法が改定されてから、暴力団の取り締まりが厳しくなっている昨今に、あえて大規模な襲名式を行ったのはなにか意味があるんでしょうか』

『不動清和会の動向が日本の暴力団の先行きを決めると言っても過言ではないので、今後も目が離せませんね』

テレビに三島の静止画が映し出される。スーツにローラーハットを被った三島は映画俳優さながらに見える。

「今日が襲名式だったんですね」

実際、暴力団には逆風とも言えるこの時代にわざと大がかりな式を催すなど、メディアを締め出すどころか、まるで誇示しているようだ。

これほどニュースで取り上げられた暴力団のトップがこれまでいただろうか。

「一枚岩、変わらず——だね」

宮原の感想に、和孝も納得する。三島の派手なパフォーマンスは、全国の組織にそれを知らしめることが目的だったのかもしれない。

一時期、不動清和会は一触即発状態にあると報じられていた。斉藤組襲撃に端を発して木島組の爆破、襲撃事件、組長である久遠の負傷と、組織内に不穏な空気が流れたせいだ。

木島組を襲った犯人は結局不明のままとされ、それも憶測を生む理由となった。四代目候補は三つ巴《みつどもえ》の戦争を起こすのではと、週刊誌は世間の不安を煽《あお》り、それに釣られるようにして地方組織で小競り合いがいくつか起こった。

収束に向かったのは、植草の戦線離脱により、久遠が三島のバックアップを表明したからだ。

結果、入り札なしで三島は四代目に決まった。

もっとも植草の一件は、メディアにいまだあらゆる想像の余地を残している。嘘《うそ》か真《まこと》か、ホステスとの情事の最中に腹上死したというのだ。タイミングとしては、裏でなにかあったと疑われてもおかしくない。

とはいえ、これにより斉藤組は力を失い、三島四代目の時代へと移行した。

「平常運転っていうのは、やっぱりほっとしますから」

自分のことも含めて言う。

木島組も久遠も、和孝自身の身辺も落ち着きを取り戻すだろう。いままでどおりの生活がやっとできると、日常に感謝する。

「僕は、このままもう辞めてもいいかなって、ちょっと思ってた」

テレビに目をやったまま宮原がぽつりと漏らした。

「え」

とても冗談には聞こえなかったので咄嗟《とっさ》に宮原の横顔を窺ったが、いつも同様、やわらかな笑みを湛《たた》えている。半面、深く追及できないような雰囲気を感じて、和孝はなにも問わずに口を閉じた。

もともと自分に関して多くを語らない宮原は、最近、ふと目に見えない壁を作るときがある。和孝の勘違いではなく、宮原自身がそうしているのだろうと思っている。

いまも、だ。

「でも、よかったじゃない。久遠さん、順当に出世したんでしょう？　おめでとう」

話題を変えた宮原に、深く追及されたくないという拒絶を感じ取る。

「どうなんでしょう」

あえて話に乗りながら、和孝は曖昧《あいまい》な返答をした。実際、おめでたいのかどうかよくわからなかった。

久遠は、「若頭補佐」から「補佐」が外れた。他の幹部を押しのける形で、実質、不動清和会のナンバー2の地位についた。

三島が久遠を傍に置いたことを意外に思ったのは和孝ばかりではなく、幹部内で何度も話し合いが持たれたと聞く。昔気質《むかしかたぎ》の幹部の中には、順序を重んじる者も少なからずいるようだ。

結局は、四代目の意向に添う形でまとまったため久遠は昇格した。

「俺個人は――喜ぶべきなのかどうかわからなくて、複雑な気持ちなんですよね」

正直に話すと、宮原が優しいまなざしを向けてくる。

「ここは素直に喜んでおこうよ。どんな世界でも、上に立つって大変なことだし、それができるのは一握りの人間なんだから」

宮原らしい言葉を受けて、和孝も笑みを浮かべる。

宮原の言うとおりだ。今後はいっそう大変になる久遠を傍で見守ることこそ、自分の存在理由だと改めて腹を括《くく》った。

テレビを消した宮原が、ソファから腰を上げる。

「ありがとう」

一言でオフィスを出ていこうとした宮原を、和孝は呼び止めた。

「あ……その、礼を言われるような憶《おぼ》えがないので」

これまでも宮原からは過剰な評価を得てきた。「柚木《ゆぎ》くんじゃなきゃ」とか「柚木くんのおかげ」とか言ってくれ、それが和孝の誇りでもあった。が、この場面でなぜ礼を口にしたのか、宮原の真意が読めない。

「あるよ」

宮原が振り返る。

「柚木くんに出会えて、一緒に仕事ができて、僕はすごく愉しかった。僕にとって素晴らしいことだ」

「…………」

俺のほうこそ。

和孝はそう返すつもりだったのに、一瞬、躊躇《ためら》ったばかりに宮原が出ていってしまい、なにも言えずじまいになった。

愉しかったなんて、まるでなにか終わってしまうようではないか――先刻の一言もあるので勘繰ってしまった和孝だが、すぐさま払拭《ふっしょく》する。考えすぎだ。いろいろあったせいで、疑心暗鬼になっているのだ。

「宮原さんは、俺の恩人です」

すでにこの場にはいない宮原に、本音を告げる。いろいろな出会いが自分の人生を変えたと思っている和孝だが、宮原との出会いは特別なものだ。

なにしろ、人生で重要なものをふたつ和孝に与えてくれたのだ。

ひとつは天職とも言える仕事を。

もうひとつは、大事なひととの再会を。

このふたつがあるから、いま自分はこの場に立っていられる。

宮原の去っていったドアが、ふたたび開いた。

現れたのは久遠だった。

「どうかしたのか?」

久遠の問いかけに、過去を思い出して感傷に浸っていたなどと言えるはずもなく、和孝はかぶりを振った。

「久遠さんは? ひと区切りついた?」

代替わりと、それにともなう雑事で、久遠は家にも事務所にもなかなか帰れないという。久遠自身、立場が上がったのでいろいろとやるべき仕事があるのだろう。

久遠と顔を合わせるのは、木島組所有のコテージで別れて以来——二週間ぶりだった。

その間に久遠の怪我《けが》はほとんど治ったらしい。鎖骨もほぼくっつき、銃創の痕が残るばかりになったと電話で聞いたときは、心底驚いた。本人が忙しいと、怪我のほうも急《せ》かされて治りが早くなるのかと感心したほどだ。

「三島さんから逃げてきた」

ソファに深く腰掛けた久遠が、早くもうんざりした様子で目頭を指で押さえる。どうやら今回は肉体的疲労というより、三島の扱いに手を焼いているようだ。

「二言目にはBMに連れていけとうるさい」

三島という男は、よくも悪くも我が道を行くタイプなのだろう。久遠が扱《こ》き使《つか》われている様がありありと浮かんでくる。

「逃げたら、あとで怒られるんじゃないの？」

また、というニュアンスを含ませる。

先日、診療所に戻った際、久遠も同席してふたりで冴島《さえじま》に謝罪をした。冴島は久遠の無事を喜んでくれたが、結果的に和孝が安定剤を勝手に絶ったことに関してはきつい叱責《しっせき》をくれたのだ。

「放っておくさ」

投げやりな口調に久遠の苦労が偲《しの》ばれ、和孝はソファの肘置《ひじお》きに腰掛けた。

「最近、それ、癖になってるよ」

くっきりと縦皺《たてじわ》の刻まれた眉間《みけん》を指で撫でる。皺の痕はなかなか消えてくれず、何度も擦《こす》ってみた。

「やっとなくなった」

達成感を覚えて久遠に笑いかけると、すかさず手首を摑《つか》まれる。そのまま引き寄せられ、バランスを崩して肘置きから尻《しり》を滑らせた和孝は、久遠の腕の中におさまった。

「何時に終わる？」

「今日は、ちょっと早めで三時くらいかな」

久遠の手に鼻先を埋める。指に染みついたマルボロの匂《にお》いを嗅《か》ぐと、条件反射みたいに胸がときめく。

「傷痕を見るか？」

マンションへの誘いだ。和孝に断る理由はないが、いまの久遠では一度承知したあとでドタキャンされる可能性もある。

「三島さんは？」

電話で呼び出されるんじゃないだろうなという意味で問うと、久遠はうんざりした表情になった。

「待たせとけばいい」

ほんとかよ、とは聞かない。念押ししたところでドタキャンされるときはされるのだ。開き直ったほうが精神的ダメージは少なくてすむ。

「もしかして、俺、これからは三島さんとも接点ができるってこと？　ぞっとするな」

間接的とはいえ、今後は常に意識させられるはめになった。三島が苦手なのは確かなので、できれば関《かか》わりたくないが、久遠は否定してくれなかった。

「あきらめろ」

簡単な一言であしらう。

ようするに、これまで以上にあらゆる変事や災難が降りかかってくるということだ。いちいち心配したり動揺したりしていたら、こっちの身が保《も》たない。

「とっくにあきらめてるよ。俺の人生は平穏とは無縁なんだ。でもさ」

和孝は、久遠の乾いた唇を舐《な》めた。

「俺といるときくらい、あんたも肩の力を抜いて普通の男になるといいよ」

いくらタフな男でも休む時間が必要だ。

頬を緩ませると、久遠の前髪に指を差し入れる。何度か梳《す》いてから、和孝は身体《からだ》を離した。

「普通の男か」

よほどおかしかったのか、久遠が上半身を揺らして笑う。くつろいで見えるその姿に、和孝も笑った。

「そうそう。久遠さんに渡したいものがあるんだ」

いつかあげようとデスクの抽斗に入れておいたものを、久遠に差し出す。なにかと視線で問われたが、あえて中身については言わずに渡した。

「十七歳の俺の気持ち」

薄っぺらいハンカチに込めた想《おも》いは、当時もけっして軽くなかったのだと確信している。なぜなら、二十五歳になったいま、昔はわからなかったいろいろなことの意味を理解できるようになったからだ。

「心して受け取るか」

久遠が紙袋を胸に抱く真似をした。

ハンカチ一枚渡すのに八年かかったというのが、自分らしい。ようやく目的を果たせて、和孝は両手を上げて伸びをした。

「さあ、仕事しよう」

クローゼットに向かおうとした和孝を、久遠が引き留めてくる。目の前に立つと、いつものようにネクタイをきつめに整えたあと、今日は髪も両手で撫でつけてくれた。

「完璧《かんぺき》？」

「ああ、完璧だ」

久遠に肩をぽんと叩《たた》かれ、和孝は足を踏み出す。オフィスを出ると、自分の靴音を耳にしながら清浄な空気を肺いっぱいに吸い込み、新鮮な気持ちを味わった。

このままずっといまの日々が続いていくと信じていた。

けれど、その日は――和孝がマネージャーとしてＢＭのホールに立った、最後の日になったのだ。

あとがき

こんにちは。うっかり初めまして——の方がもしいらっしゃいましたら、前の八巻もお手にとっていただけると嬉《うれ》しいです。

お待たせして申し訳ありません。『聖域《せいいき》』をお届けできることになり、私も心から喜んでいます。

今回は、八巻で持ち上がった跡目騒動に一応の決着がついています。私的には跡目騒動そのものではなく、メインは他にあるのですが、それをここで書くのもどうかと思うのでやめておきますね。

さて、じつはこのあとがき、四ページもあります。そもそもあとがきが苦手な私に、四ページは厳しいです。

ブログの更新ですら、つい滞《とどこお》ってしまうんですよ。なにを書いていいのかわからなくて。

あとがきも、なにを書いたらいいのかわかりません。

制作秘話とかあったらいいんでしょうけど、とにかく書く、以外ないですし。

ときどき、いつ、どんなふうにネタを考えるのかと聞かれるのですが、たいがいはぼうっとしているときに、こうなってこういうオチにしようとストーリー先行で浮かんできます。

そのせいかどうか、キャラを立てるのは至難の業《わざ》です。いまだに反省ばかりなので、日々精進あるのみです。

だから、「ＶＩＰ」のようにキャラのファンと言ってもらえるケースは稀《まれ》でして、そういう意味でも、このシリーズは私にとって特別かもしれません。

もちろん長く書いているから、愛着もありますし。

二ページ目にして早くも書くことがなくなりました。

あ、そういえば最近、数年ぶりに腰をひどく悪くしてしまいました。腰痛はしょっちゅうなのですが、歩けないほどとなると本当に久々でした。

寝返りも満足に打てず、泣きそうだった中、この際と開き直ってずっと漫画を読んでました。

最近は電子書籍が普及したので、思い立ったその場で読めるのがいいですね。わざわざ買いにいく手間が省けますから。

そのとき読んだスポーツ漫画にすっかりはまって、友人知人に語りまくってますよ。

部活って、いいですよね〜。

みんなひとつの目標に向かって頑張ってて、きらきら輝いてます。悪人が出てこないのもいいです。

可愛《かわい》くて、愛《いと》おしくなりますよ。

いや、ここはまったく運動していない自分を猛省すべきかもしれません。なにかやりかけても、今回のように腰が悪くなったり、忙しくなったりしてなかなか続かないんです。

……言い訳ですね。

せめてラジオ体操を再開したいと思います。


さておき、イラストはもちろん佐々《さっさ》先生です。佐々先生の描かれるイラストを拝見するたびに、自分の中でキャラがぐっと近くなった気がします。

カバーイラストを見せていただいたのですが、今回もいままで以上に素敵《すてき》なふたりに胸がときめきました。本当にため息ものです。

いまは、この素晴らしいカバーイラストを一刻も早く読者様に見ていただきたいという気持ちでいっぱいです。

佐々先生、本当にありがとうございます！

担当さんも、いつもお世話になってます。よれよれなりに精進しますので、今後もよろしくお願いします。

ずっと「ＶＩＰ」におつき合いくださっている読者の皆様には、どうお礼を伝えていいかわかりません。すごくすごく感謝してます！　いつもありがとうございます！

あと少しですので（前巻でもあと少しって書いたような気がしますが）どうか最後までおつき合いくださいませ。

なんだろう、早く終わらせたいような終わらせたくないような複雑な心境です。

でも、とりあえず次巻。次巻、十巻を盛り上げるべく頑張ります！

最後に。

二〇一三年、大変お世話になりました。

二〇一四年もどうぞよろしくお願いしますね。

よいお年を！

高岡《たかおか》ミズミ

『VIP《ブイアイピー》　聖域《せいいき》』、いかがでしたか？
高岡《たかおか》ミズミ先生、イラストの佐々成美《さっさなるみ》先生への、みなさまのお便りをお待ちしております。
高岡ミズミ先生のファンレターのあて先
〒112-8001　東京都文京区音羽2-12-21　講談社　文芸シリーズ出版部「高岡ミズミ先生」係
佐々成美先生のファンレターのあて先
〒112-8001　東京都文京区音羽2-12-21　講談社　文芸シリーズ出版部「佐々成美先生」係

N.D.C.913　214p　15cm

高岡ミズミ（たかおか・みずみ）
山口県出身。デビュー作は『可愛《かわい》いひと。』。
主な著書に「VIP」シリーズ、「芦屋《あしや》兄弟」シリーズ、「天使」シリーズなど。
サイトをこぢんまりと運営中です。
http://wild-f.com/

講談社X文庫

white heart

VIP《ブイアイピー》　聖域《せいいき》

高岡《たかおか》ミズミ

●

2014年1月6日　第1刷発行

定価はカバーに表示してあります。

発行者——鈴木　哲
発行所——株式会社　講談社
東京都文京区音羽2-12-21 〒112-8001
電話　編集部 03-5395-3507
販売部 03-5395-5817
業務部 03-5395-3615
本文印刷—豊国印刷株式会社
製本——株式会社千曲堂
カバー印刷—半七写真印刷工業株式会社
本文データ制作—講談社デジタル製作部
デザイン—山口　馨

ISBN978-4-06-286750-4

講談社X文庫ホワイトハート・大好評発売中！

ＶＩＰ　絆

高岡ミズミ

絵／佐々成美

久遠と和孝、ふたりの絆は……!?　高級会員制クラブBMのマネージャー和孝は、不動清和会の若頭・久遠の唯一の恋人だ。久遠に恨みを持つ男の下へ乗り込んだ和孝だったが、そこで待っていたものは!?

ＶＩＰ　蜜

高岡ミズミ

絵／佐々成美

久遠が結婚!?　そのとき和孝は……。高級会員制クラブBMのマネージャー和孝は、不動清和会の若頭・久遠の唯一の恋人だ。ある日、和孝の耳に久遠が結婚するという話が聞こえてきたのだが……!?

ＶＩＰ　情動

高岡ミズミ

絵／佐々成美

極上の男たちの恋、再び！　高級会員制クラブのマネージャー柚木和孝は、冴島診療所の居候になり、花嫁修業のような毎日だ。一方、恋人である暴力団幹部の久遠には跡目争いの話が!?

弁護士成瀬貴史の憂鬱

高岡ミズミ

絵／水名瀬雅良

5年前、どうして俺の前から消えた？　かつて地検の検事だった成瀬貴史は、現在、ヤクザなど闇関係の仕事を一手に引き受ける弁護士として活躍している。だがある日、元同僚の相澤喬司が現れて……。

弁護士成瀬貴史の苦悩

高岡ミズミ

絵／水名瀬雅良

男同士の恋だから、素直になれなくて!?　元特捜部検事で、現在は武藤組顧問弁護士を務める成瀬は、ヤメ検弁護士の相澤と同棲している。晴れて恋人になった二人だが、成瀬は相澤の存在に慣れなくて!?

講談社X文庫ホワイトハート・大好評発売中！

薄情な男
高岡ミズミ
絵／木下けい子

「薄情者の棚橋詠——だろ」ある夜、高校教師の新山明宏の前に一人の男が現れた。それは十年前、自分の前から突然姿を消した幼馴染みで親友の棚橋詠だった……。なぜ今さら!?

優しい夜
高岡ミズミ
絵／水名瀬雅良

好きだとは言えなくて!? 事故で家族を失った幸弘は、常磐家に引き取られ、将臣と兄弟のように育つ。が、恋してはいけないのに、想いは抑えられず……。家族から恋人へ、ふたりの関係が変わり始めた——。

たとえ楽園がなくても
高岡ミズミ
絵／ミナヅキアキラ

生まれて初めて、恋をした——!? 内科医の宮成聖は、一度もひとを好きになったこともなければ、興味もなかった。そんなある夜、マンションの前で倒れていた男を助けたことから全てが変わり始め!?

あなたがいたから
高口里純

『花のあすか組！』の高口里純がWHデビュー！ 文学サイトで知り合ったフランス在住の「カイト」に、特別な思いを抱き始めていた「サクヤ」。そこにミステリアスな文学部教授・大野が現れて……。

お菓子な島のピーターパン ～Do you like chocolate?～
橘　もも
絵・原作／Quin Rose

スイーツいっぱいの恋愛アドベンチャー!! 不思議な少年ピーター＝パンによって、ネバーランドに連れてこられたウェンディ。そこで、海賊フックに出会い、次第に彼を意識するようになって……。

募集要項

■内容

ホワイトハートにふさわしい小説であれば、ジャンルは問いません。商業的に未発表作品であるものに限ります。

■資格

年齢・男女・プロ・アマは問いません。

■原稿枚数

ワープロ原稿の規定書式【1枚に40字×40行、縦書きで普通紙に印刷のこと】で85枚～100枚程度。

■応募方法

次の3点を順に重ね、右上を必ずひも、クリップ等で綴じて送ってください。

1. タイトル、住所、氏名、ペンネーム、年齢、職業（在校名、筆歴など）、電話番号、電子メールアドレスを明記した用紙。
2. 1000字程度のあらすじ。
3. 応募原稿（必ず通しナンバーを入れてください）。

ご注意

○ 応募作品は返却いたしません。
○ 選考に関するお問い合わせには応じられません。
○ 受賞作品の出版権、映像化権、その他いっさいの権利は、小社が優先権を持ちます。
○ 応募された方の個人情報は、本賞以外の目的に使用することはありません。

背景は2008年度新人賞受賞作のカバーイラストです。
真名月由美／著　宮川由地／絵『電脳幽戯』
琉架／著　田村美咲／絵『白銀の民』
ぽぺち／著　Laruha（ラルハ）／絵『カンダタ』

ホワイトハート最新刊

VIP 聖域

高岡ミズミ　絵／佐々成美

俺は……あんたのものじゃないのか？　選ばれた者だけが集うことを許される高級会員制クラブBLUE MOONのマネージャー柚木和孝の恋人は、不動清和会幹部の久遠彰允だが、跡目争いに巻き込まれ!?

白銀の騎士王子とヴァルハラの乙女

伊郷ルウ　絵／珠黎皐夕

俺の熱がわかるか。カルニアナ国の第二王女・ソフィアは、姉に呪いをかけられ、夜は銀狼に変身する身に。人目を忍ぶ彼女の前に、傷ついた騎士マティアスが現れて!?

クリスマスワルツ

伯爵家の情人

華藤えれな　絵／葛西リカコ

止まらない。ありのままのおまえが欲しい。純白の雪が降りしきるパリで、イザークはついに探し続けていた伯爵家の孫・清春を見つけた。自分を破滅に導く恋の始まりと気づかず、密命を実行しようとするが!?

惑いの鳥籠

〜身分違いの恋人〜

貴嶋 啓　絵／くまの柚子

禁忌を犯しても自由になりたい——！　エルトゥールル帝国後宮の女官エミーネは、生涯を後宮に捧げる身。だがラレンデ君侯の継嗣バヤジットに間者になるよう脅される。見えざる政変の歯車が動き始めた！

虞美人荘物語

〜恋人だらけの下宿人〜

愁堂れな　絵／穂波ゆきね

出会った時から僕はお前を愛してた。虞美人荘の下宿人・医師の宮本は、高校時代からの親友の刑事・京極への思いを告げることはないと思っていた。ある日、宮本に不審な小包が届き、京極が動き出す。

ホワイトハート来月の予定（2月5日頃発売）

愛夜一夜 捧げられたウェディング ・・・・・・・・・・・・・・・・・・・・ 麻生ミカリ

龍の宿敵、Dr.の微睡（仮） ・・・・・・・・・・・・・・・・・・・ 樹生かなめ

スイート・スプラッシュ ・・・・・・・・・・・・・・・・・・・・・・ 高月まつり

虚空に響く鎮魂歌 ホミサイド・コレクション ・・・・・・・・・・・ 篠原美季

大柳国華伝 蕾の花嫁は愛を結ぶ ・・・・・・・・・・・・・・・・・・ 芝原歌織

※予定の作家、書名は変更になる場合があります。